OSS 117 PRÉFÈRE LES ROUSSES

DU MÊME AUTEUR
CHEZ LE MÊME ÉDITEUR

Atout cœur à Tokyo.
Gâchis à Karachi.
Les Monstres du Holy Loch.
OSS 117 prend le maquis.
Partie de Manille pour OSS 117.
Le Sbire de Birmanie.
Strip-tease pour OSS 117.

JEAN BRUCE

OSS 117 PRÉFÈRE LES ROUSSES

roman

ARCHIPOCHE

Première édition :
Presses de la Cité, 1961.

Notre catalogue est consultable à l'adresse suivante :
www.archipoche.com

Éditions Archipoche
34, rue des Bourdonnais
75001 Paris

ISBN 978-2-37735-892-2

Avant-propos

Beaucoup de lecteurs m'écrivent pour me poser des questions concernant Hubert Bonisseur de la Bath, aussi connu sous le matricule d'OSS 117. On me reproche de ne pas le décrire avec assez de précision et surtout, à l'exemple de Montesquieu qui s'étonnait : « Comment peut-on être persan ? », on me demande le plus souvent : « Comment peut-on s'appeler Bonisseur de la Bath ? »

Comment ? Je peux répondre... L'histoire de cette « noble » famille est parfaitement connue et l'on sait que l'origine en remonte à l'an de grâce 1461.

1461... Rappelez-vous : Louis XI venait de succéder à Charles VII sur le trône de France. Les Anglais, comme l'avait prédit la Pucelle, avaient été reconduits chez eux *manu militari*, et le nouveau roi s'employait à consolider sa puissance.

L'Université de Paris était déjà célèbre et très fréquentée. Dans les tripots de la cité, les existentialistes de l'époque menaient grand tapage autour de leur maître incontesté, grand poète et joyeux brigand : messire François Villon.

Or, dans les derniers mois de 1461, une fois de plus, François Villon eut maille à partir avec la justice royale et passa en jugement. Un seul témoin se présenta en faveur du poète. L'histoire n'a pas retenu son nom, peut-être n'en avait-il pas. On sait seulement que, comme Villon, il était membre de la confrérie des Merciers et qu'il y jouissait du titre et des privilèges de « Coesmelotier-Huré ». Cet homme, en bon mercier qu'il était, ne parlait que la langue des argotiers. Aussi, quand le greffier du tribunal lui demanda qui il était, il répondit naturellement :

— Bonisseur de la bath.

Ce qui signifiait en argot : témoin à décharge, « bonisseur » découlant de *bonir*, parler, et *bath* signifiant : bien. Le bonisseur de la bath était celui qui parlait en bien, autrement dit : le témoin à décharge.

Mais le greffier n'entendait pas l'argot. Et il inscrivit sur son registre : « Nom du témoin : Bonisseur de la Bath. » L'instant d'après, le témoin s'étant montré insolent fut arrêté en pleine audience et conduit séance tenante au Petit Châtelet où on l'incarcéra sous le nom de Bonisseur de la Bath.

Tout simplement !

Libéré au printemps suivant, notre homme se retrouva nanti d'un bulletin de levée d'écrou portant le patronyme que l'ignorance d'un greffier lui avait donné. Il se fit fort adroitement passer pour une victime « politique » de Louis XI, qui ne manquait pas d'adversaires parmi les grands seigneurs du royaume, et réussit à épouser la fille d'un de ces grands seigneurs qui lui légua son fief.

Cet Hubert Bonisseur de la Bath, premier du nom, fit des enfants à sa noble épouse, et la famille ne cessa de prospérer, s'illustrant surtout par des chefs de guerre qu'un penchant héréditaire pour l'indiscipline et le pillage, doublé d'une conception assez particulière de l'exercice du droit de cuissage, maintint toujours à l'écart des grands commandements. Sans être très riche, la famille ne fut jamais pauvre ; on disait pourtant au XVIIIe siècle que les seigneurs de la Bath avaient toujours eu plus de bâtards que d'écus.

Quelques années avant la révolution de 1789, on ne sait pas la date exacte, le Bonisseur de la Bath d'alors, pris d'un mauvais pressentiment, vendit tous ses biens et s'embarqua pour les Amériques. Il acheta un grand domaine en Louisiane, près de Lacombe, sur la rive nord du lac Pontchartrain.

Je connais bien ce domaine. Des paquets de mousse espagnole tombent des arbres séculaires qui ombragent la maison, de style colonial, construite au bord d'un bayou dont les eaux vertes et lentes se laissent envahir par les roseaux et par les nénuphars. Chaque soir, lorsque s'allongent les ombres des haies de buis taillé, Bobbo, le vieux domestique noir, insensible aux piqûres des énormes moustiques, fait sa ronde, solitaire et mélancolique, dans les allées du jardin à la française.

Bobbo connaît Hubert bien mieux que moi. Il l'a vu naître, il l'a fait sauter sur ses genoux, il a guidé ses premiers pas…

À l'époque de Pearl Harbor, Hubert Bonisseur de la Bath était un des plus jeunes officiers-pilotes de l'US Air Force. Son insolence native et un penchant immodéré pour le sexe faible ne tardèrent pas à lui attirer des ennuis. Compromis dans une histoire scandaleuse avec la jeune et jolie femme de son colonel, il fut mis à la porte de l'armée de l'air.

Un ami de son père le recommanda alors au général William J. Donovan, qui commandait l'OSS (*Office of Strategic Services*). L'OSS était à cette époque le principal service de renseignements des États-Unis. Hubert y fut inscrit sous le matricule 117 et aussitôt admis dans une école d'espionnage installée près de Washington, au Country Club du Congrès.

À la fin de son entraînement, Hubert Bonisseur de la Bath, devenu OSS 117, fut versé à la Section autonome des Opérations spéciales, chargée du sabotage. Entre 1942 et 1945, il fut parachuté une douzaine de fois sur l'Allemagne et sur les pays occupés et s'en tira sans dommages.

La guerre terminée, il fut muté à la 2e division de l'OSS, chargée de la recherche des informations par des moyens clandestins. Il avait le grade de commandant.

Le 26 juillet 1947, une loi fédérale créait la Central Intelligence Agency, plus connue sous le sigle de CIA, sous la direction du docteur Allen W. Dulles, le propre frère de Foster Dulles. Hubert passa presque aussitôt de l'OSS à la CIA dont il est un des meilleurs agents.

Nommé colonel en 1950, il a été récemment proposé pour les étoiles. On sait qu'il a refusé, cette élévation au grade de général devant s'assortir d'une renonciation au service actif.

Ses aventures, dans tous les pays du monde, doivent maintenant remplir, si mes fiches sont à jour, une centaine de volumes.

J'allais oublier l'apparence physique. On me demande souvent, surtout les femmes : comment est-il fait ? À quoi ressemble-t-il ?... Là, il m'est difficile de répondre. Peut-être, lorsqu'il aura « raccroché », Hubert m'autorisera-t-il à publier une photographie de lui. En attendant, et bien que cela puisse paraître un peu ridicule à certains, tout ce que je peux dire... c'est qu'il a vraiment l'allure d'un prince pirate.

1

Mon nom est Ernest Peter Nicol. Je suis citoyen des États-Unis, né à Morristown, dans le New Jersey, le 3 décembre 1910.

Ce soir-là, c'était un vendredi, j'assistais à une réception donnée dans les salons du Cumberland, à Londres, par les anciens de l'OSS, le célèbre Office of Strategic Services, créé pendant la dernière guerre et qui fut le premier service de renseignements des États-Unis digne de ce nom.

Il était près de minuit et, l'alcool aidant, l'ambiance était joyeuse. Mon vieil ami John Breck me parlait des derniers événements de Cuba et jugeait sévèrement les gens de la CIA.

— De notre temps…

Il s'interrompit pour regarder une femme brune, entre deux âges, qui venait de s'arrêter près de nous, une cigarette à la bouche.

— Puis-je avoir du feu ? demanda-t-elle.

Elle était de taille moyenne, plutôt rondouillarde, vêtue d'une robe de soie verte un peu trop décolletée sur de gros seins blancs vigoureusement remontés par une gaine qui débordait sous les aisselles trempées de sueur. Elle était anglaise, d'après son accent, et elle avait trop bu. Son visage luisant était congestionné et sa main potelée tremblait un peu en dirigeant la cigarette vers la flamme du briquet de John Breck.

Elle rejeta la fumée, toussota, écrasa du doigt une larme qui perlait au coin de son œil droit irrité, puis retira la cigarette de sa bouche.

— Comme c'est excitant ! dit-elle.

— Quoi ? demandai-je poliment.

Sans répondre, elle regarda les étiquettes que nous portions à nos revers et reprit :

— Monsieur Nicol... Monsieur Breck... Je suis très honorée de vous connaître... Mon nom est Rose Darracott...

Elle épela soigneusement Darracott. Nous fîmes une courbette.

— Enchanté, mademoiselle Darracott...

Elle haussa les sourcils.

— Comment savez-vous que je suis une demoiselle ?

John Breck, qui manie la vacherie avec art à ses moments perdus, répliqua gracieusement :

— Vous êtes encore bien jeune pour être mariée, n'est-ce pas ?

Elle se demanda visiblement pendant un instant si elle devait ou non se fâcher. Elle choisit de rire et gratifia mon ami d'une claque énergique sur le ventre.

— Vous êtes un rigolo, assura-t-elle. Vous me plaisez.

Elle remit sa cigarette entre ses lèvres mal peintes, nous prit chacun par un bras et nous entraîna un peu à l'écart de la foule agglutinée autour des buffets. L'œil droit fermé, à cause de la fumée qui montait de sa cigarette, elle reprit sur le ton de la confidence :

— Je suis fonctionnaire à l'Amirauté... archiviste à la base de Portland...

— Ce doit être un métier très intéressant, dis-je.

Elle toussota, m'examina un instant de son œil gauche, le droit restant fermé, et répliqua :

— Passionnant.

Elle nous tira davantage vers elle et mon coude éprouva la dureté d'une baleine de corset. Pressés sur deux côtés, ses seins semblaient sur le point de bondir à l'extérieur.

— Je suis un peu du bâtiment, chuchota-t-elle.

Puis, comme nous ne réagissions pas, elle précisa :

— Nous sommes un peu collègues, quoi !

— Je suis garagiste, rétorqua John Breck, et mon ami est pharmacien...

Elle soupira, la tête levée vers le plafond comme pour prendre le ciel à témoin de notre bêtise.

— Vous ne comprenez pas... Vous avez été des agents secrets... Eh bien, moi aussi...

— Très intéressant, dit John Breck.

— Je travaille pour vous, continua-t-elle, pour les Américains. C'est à votre attaché naval que j'ai affaire, quel homme charmant... Je lui ai déjà donné beaucoup de renseignements, vous savez, et il est très content de moi...

Nous étions un peu étonnés ; il y avait de quoi. À ce moment précis, deux couples amis, qui faisaient partie de notre pèlerinage en Europe, nous rejoignirent et nous proposèrent de les accompagner pour une tournée dans les cabarets de Soho. Rose Darracott nous lâcha. Nos amis étaient excités et volubiles et il s'écoula un temps assez long avant que j'eusse la possibilité de présenter notre nouvelle connaissance.

Elle n'était plus là. Je la cherchais du regard et la vis sortir par la grande porte du salon.

— Vous nous avez sauvés d'un sort affreux, dit John Breck à nos amis. Nous étions tombés dans les griffes d'une Mata-Hari bourrée d'alcool.

Il ne semblait pas plus que cela préoccupé par l'incident, mais je n'étais pas comme lui. Que cette bonne femme ait dit ou non la vérité, il fallait l'empêcher de continuer de raconter qu'elle trahissait ses compatriotes à notre profit. Je m'excusai auprès de mes amis et partis à la recherche de Seymour, notre attaché naval à Londres, dont j'avais fait la connaissance en début de soirée.

Je le découvris près d'une fenêtre, en compagnie d'une fort jolie brune qui ne semblait pas insensible au charme de sa conversation. Cela me fit hésiter, mais il m'aperçut et me fit un signe de la main.

— Hello ! dit-il.

Une grosse femme en robe de dentelle me bouscula. Nous nous fîmes des excuses. Je pus enfin arriver près de Seymour.

— Il faut que je vous parle, c'est important.

Il fronça les sourcils, visiblement ennuyé, et fit machinalement les présentations :

— Madame Gardner... Nicol...

— Ernest, précisai-je, comment allez-vous ?

Elle me sourit.

— Comment allez-vous ?

— Je suis navré, repris-je à l'intention de Seymour, mais je crois que c'est vraiment important.

Son visage se crispa, exprimant un réel agacement. Ses affaires étaient peut-être en bonne voie avec la séduisante Mme Gardner et il avait plus envie de m'envoyer au diable que de m'écouter. Il balançait encore lorsque la jeune femme intervint gentiment :

— Écoutez-le, George. Je vous attends là.

— Merci, dis-je, et veuillez me pardonner.

Seymour et moi nous éloignâmes de quelques pas. Je lui pris le bras et me penchai vers lui afin de pouvoir me faire entendre sans élever la voix. Il m'écouta, de plus en plus attentif. Lorsque j'eus terminé, il était soucieux.

— Cette bonne femme est folle, répliqua-t-il. Je ne la connais pas...

Il me considérait avec une grande attention.

— Vous me croyez, n'est-ce pas ?

Je haussai les épaules.

— Vous savez, rétorquai-je, j'ai fait du renseignement et je sais comment ça se passe... Même entre alliés, il est quelquefois nécessaire de s'informer. Ce n'est pas le fait lui-même qui me choque, mais je pense simplement qu'il faut empêcher cette folle de raconter ça partout...

Il sortit un carnet et un stylo de sa poche et demanda :

— Vous dites qu'elle s'appelle Rose Darracott et qu'elle est employée à l'Amirauté ?

— Archiviste à la base de Portland ; c'est du moins ce qu'elle prétend...

Je lui épelai le nom. Il nota l'essentiel sur son calepin, remit le tout dans sa poche et me toucha l'épaule.

— Merci, Nicol. Si j'avais besoin de vous ?

— Je suis au Westbury.

— *Okay*.

Il me quitta pour aller rejoindre la jolie Mme Gardner qui l'attendait patiemment. J'étais soulagé d'avoir pu le prévenir et je partis à la recherche de John Breck et des autres. Ils étaient près de la sortie.

— Où étiez-vous passé ? grogna John. J'ai demandé un taxi et il nous attend.

Nous sortîmes. Il pleuvait. À droite, des lanternes balisaient des travaux, de l'autre côté de Marble Arch ; les frondaisons de Hyde Park étaient à peine visibles.

Nous montâmes dans les voitures qui nous emmenèrent par Oxford Street en direction de Soho.

Nous passâmes deux heures dans une boîte de strip-tease, à regarder sans enthousiasme des mémères exhiber leur cellulite. Puis nous rentrâmes au Westbury, qui est l'hôtel américain de Londres, dans Conduit Street, à deux pas de l'aristocratique New Bond Street, à cinq minutes à pied de Piccadilly.

Un message m'attendait sous la porte. Seymour me prévenait qu'il passerait me prendre à huit heures, sans autre explication. La pendule, au-dessus de la penderie, indiquait deux heures trente-cinq. Il ne me restait pas beaucoup de temps pour dormir.

*

Mon nom est Colin Paul Arbuckle. Sujet de Sa Majesté Très Britannique et content de l'être, je suis âgé de quarante-quatre ans, assez bel homme paraît-il, grâce à Dieu, et content de l'être. Je suis inspecteur au MI5.

MI5, cela signifie Military Intelligence division 5. Malgré ce que pourrait laisser supposer le terme Military, cet organisme ne dépend pas de l'armée mais uniquement du Premier ministre. Sa tâche est essentiellement le contre-espionnage à l'intérieur du royaume. Ses effectifs sont recrutés parmi les policiers, les anciens officiers et les hommes de loi. La fonction de ces hommes est strictement limitée à la recherche, la répression ne dépend pas d'eux. Lorsqu'ils sont parvenus à établir des preuves suffisantes contre un espion, ils passent le coupable et le dossier à la Section spéciale de Scotland Yard.

Cette nuit-là, je dormais, comme il m'arrive de le faire, à côté de Victoria, mon épouse, dans le lit conjugal. La sonnerie du téléphone me réveilla. Il était une heure du matin. Mon collègue de service à la permanence de nuit m'appelait pour me demander de me mettre d'urgence en rapport avec George J. Seymour, attaché naval à l'ambassade des États-Unis à Londres.

Je connaissais Seymour depuis quelque temps déjà. Nous avions été en rapport au sujet des événements de Holy Loch. Vous vous souvenez sans doute de ces manifestations de pacifistes contre l'installation de la base de ravitaillement des sous-marins atomiques américains.

Seymour voulait me voir immédiatement. Dans mon métier, c'est chose assez courante d'être ainsi dérangé au milieu de la nuit et, de toute façon, un gentleman ne doit jamais manifester la moindre humeur en pareille circonstance. Je sortis donc du lit sans réveiller Victoria et me dépêchai de m'habiller.

Seymour m'attendait à son bureau de l'ambassade. Il me raconta qu'au cours d'une réception offerte par des anciens de l'OSS dans les salons du Cumberland, une certaine Rose Darracott, qui se disait fonctionnaire à l'Amirauté, avait prétendu fournir à l'attaché naval américain des renseignements sur la base de Portland.

J'aime bien les Américains, bien qu'ils ne soient pas des gentlemen, mais la sympathie que j'éprouve à leur égard ne m'aveugle pas. Ils sont parfaitement capables de nous espionner, ce que nous sommes également capables de leur rendre, et il serait stupide de leur en vouloir. La confiance totale entre alliés n'existe pas encore dans notre monde. On peut être d'accord sur une ligne générale à suivre, mais les intérêts divergent souvent sur certains cas particuliers. La conduite d'une grande nation pose tellement de problèmes qu'il est absolument nécessaire d'être toujours exactement renseigné sur les intentions secrètes des autres pays, y compris ses partenaires. Néanmoins, je crus tout de suite en la bonne foi de Seymour en cette affaire ; d'autant plus facilement que les Américains connaissent bien Portland, où leurs sous-marins atomiques faisaient escale avant que nous ne leur concédions Holy Loch, et que la plupart des expériences secrètes réalisées là-bas le sont en collaboration avec leurs techniciens.

Il y avait donc là un mystère, mais je croyais que ce mystère serait rapidement éclairci. Nous avions suffisamment de renseignements sur la suspecte et, pour ne rien dissimuler, ma première idée fut qu'il s'agissait d'une plaisanterie ayant trouvé sa source dans un excès d'alcool.

Tout de même, il fallait vérifier. Nous autres, agents du contre-espionnage, sommes là pour ça. Il est difficile pour un profane d'imaginer combien de vérifications nous pouvons faire dans une année, qui n'aboutissent à rien ; mais nous devons les faire. Une fois sur cent, nous découvrons le pot aux roses…

Je demandai à George Seymour de bien vouloir m'amener Nicol, l'homme qui avait reçu les confidences de Rose Darracott, dès que possible dans la matinée, à mon bureau. Après quoi, j'alertai un de mes collègues de la sécurité navale et lui donnai rendez-vous à l'Amirauté, au fichier du personnel.

Maintenant, il était huit heures trente et j'avais le dossier de Rose Darracott sur mon bureau. La personne qui portait ce nom exerçait bien les fonctions de secrétaire archiviste à la section expérimentale de la base de Portland. Je savais que la section expérimentale s'occupait plus spécialement des essais et de la mise au point de nouveaux appareils de détection sous-marine assez extraordinaires et qui devaient nous assurer une large suprématie en ce domaine.

Un planton vint m'annoncer que Seymour et Nicol étaient là. Je les fis entrer. Seymour est un grand type racé, qui aurait pu devenir quelqu'un de bien s'il avait reçu une éducation britannique. Nicol était de taille moyenne, brun, avec des lunettes, des cheveux coupés en brosse et de mauvaises manières. Il devait coller son chewing-gum à la tête de son lit avant de s'endormir et mettre les pieds sur la table pour le breakfast, entre les œufs au bacon et la marmelade d'orange. Je me refuse à croire que ces gens-là, bien qu'ils portent des noms bien de chez nous, soient d'origine britannique…

Nicol raconta son histoire, que j'avais déjà entendue de la bouche de Seymour. J'avais de plus en plus la certitude d'une plaisanterie. Je montrai à Nicol une photographie de Rose Darracott, sortie du dossier.

— La reconnaissez-vous ? demandai-je.

Il n'hésita même pas une seconde.

— Sans aucun doute, affirma-t-il. C'est bien elle…

2

Mon nom est Rose Darracott. J'ai quarante-quatre ans ; je peux le dire, car personne ne veut le croire. Je suis fonctionnaire à l'Amirauté, employée comme secrétaire archiviste dans un service très important de la base navale de Portland, près de Plymouth. Je suis encore célibataire, bien que fiancée depuis deux ans avec Lewis Edward Milligan, chef de bureau à l'Amirauté, également affecté aux services administratifs de Portland.

Ce samedi matin, dans ma chambre, à l'hôtel Cumberland, je me réveillai avec la migraine. Il faut avouer que j'avais un peu abusé de la vodka-orange, la veille, à cette réception des anciens de l'OSS, et il n'y avait rien d'étonnant à ce que j'eusse mal aux cheveux.

Je commandai mon breakfast et passai dans la salle de bains pour faire dissoudre deux comprimés d'Alka-Seltzer dans un verre d'eau, ce que j'aurais bien dû faire avant de me coucher. Je me demandais encore pourquoi j'avais assisté à cette réception. Personne ne m'avait invitée, mais j'arrivais de Plymouth, il était trop tard pour aller au cinéma et je ne savais que faire, Lewis ayant décidé d'aller passer la nuit chez sa mère malade…

Le garçon d'étage apporta le breakfast et je me mis à manger après avoir allumé la radio. Je me souvenais vaguement d'avoir été un peu bavarde avec deux anciens de l'OSS qui n'avaient pas été très aimables, mais j'étais bien incapable de me rappeler exactement ce que je leur avais dit. De toute façon, j'étais certaine que cela n'avait aucune importance. Ils devaient avoir bu autant que moi et sans doute avaient-ils cru à une plaisanterie.

Pourtant, ce n'était pas une plaisanterie.

Mon petit déjeuner expédié, je me sentis mieux. L'Alka-Seltzer commençait à faire son effet et le thé chaud m'est toujours salutaire. Un bain brûlant était tout juste ce qu'il me fallait en plus pour me remettre en forme.

Lewis devait venir me chercher à dix heures. J'avais le temps. Les informations à la radio m'apprirent que tout n'allait pas tellement bien à Cuba, que le Laos devenait de plus en plus un casse-tête chinois et que les dirigeants de l'ex-Congo belge continuaient de s'arrêter allègrement les uns les autres. J'avais apporté mon gant de crin et je me frictionnai longuement au sortir du bain. Lewis prétend que je suis un peu grasse et que je devrais faire attention, mais il exagère et je sais bien que les hommes n'aiment pas les femmes maigres. Et puis, de toute manière, j'aime trop les bouchées au chocolat pour m'en priver…

Il était dix heures moins dix lorsque j'eus terminé mon maquillage et mon cœur commençait à battre plus vite en même temps que mon estomac se serrait. Ce n'était pas l'approche de mon rendez-vous avec Lewis qui me produisait cet effet. Non… j'aime beaucoup Lewis et il me tarde que nous soyons mariés, mais je ne suis tout de même plus une midinette… Simplement, nous étions le premier samedi du mois et c'était un jour de livraison.

Je mis un deux pièces de shetland vert. Le vert est ma couleur préférée et c'est aussi un sujet de dispute avec Lewis, qui n'aime pas le vert et qui prétend même que c'est une couleur qui porte malheur. Quelle sottise ! Je portais du vert lorsque j'ai rencontré Lewis et cela n'a pas empêché que nous tombions amoureux l'un de l'autre... Je portais encore du vert lorsque Lewis m'a présenté Harry Whitney, l'attaché naval américain ; et grâce à celui-ci, Lewis et moi avons déjà mis de côté six mille livres sterling en vue de notre installation. Alors ?

Les rouleaux de films étaient dans ma valise, dissimulés à l'intérieur de tampons périodiques. Je trouvais cela choquant, mais c'était une idée de Lewis et il avait tellement insisté que j'avais obéi. Je mis les tampons dans un porte-documents en cuir noir, refermai la valise, enfilai mon imperméable et quittai la chambre.

Lewis E. Milligan a cinquante-cinq ans. Il est grand, avec des cheveux grisonnants sur les tempes et ne porte pas son âge. Il m'attendait dans le hall.

— Comment va votre mère ? demandai-je.

— Mieux, répliqua-t-il. Vous n'avez pas oublié les films ?

Il m'embrassa sur la joue. J'étais heureuse de le voir et je pensais que cela serait bien agréable quand nous serions mariés.

— Je les ai, assurai-je. Lui avez-vous enfin parlé de moi ?

— Ce n'était pas le moment. Venez.

Il m'entraîna vers la sortie, tenant son parapluie de la main gauche. J'étais embêtée. Sa mère, selon lui, était une vieille dame tyrannique et jalouse qui avait pris l'habitude de le considérer comme son bien propre et qui n'admettrait pas sans lutte qu'une autre femme vînt la déposséder. Cela me rendait furieuse et j'étais plutôt fâchée d'apprendre que cette sale femme allait mieux. Il m'arrivait de souhaiter qu'elle mourût promptement.

Nous quittâmes l'hôtel. Dehors, il faisait beau. Des gens se promenaient dans le parc et il y avait du monde au snack, de l'autre côté d'Oxford Street, à l'angle de Park Lane. Lewis jeta quelques rapides coups d'œil alentour et nous pénétrâmes dans la station de métro de Marble Arch, dont l'entrée de ce côté-là s'ouvre à moins de dix pas de la porte du Cumberland.

Il y avait peu de monde en bas. La boutique du fruitier, la librairie et le marchand de tabac attendaient le client.

Lewis, qui avait préparé la monnaie, prit à un distributeur automatique deux tickets à cinq pence pour Tottenham Court.

— Tout va bien ? me demanda-t-il à mi-voix alors que nous abordions l'escalier roulant qui plongeait dans le sous-sol.

Je me rendis compte que j'avais oublié de surveiller les accès, mais j'étais sûre que personne ne s'intéressait à nous et je répondis d'un ton ferme que tout était parfait. À mi-hauteur, Lewis se retourna lentement pour regarder vers le sommet. Je le vis froncer légèrement les sourcils et me retournai aussi.

Un homme dans la cinquantaine, habillé de gris et coiffé d'un melon, le parapluie sur l'avant-bras, descendait derrière nous. Il semblait s'intéresser surtout aux photographies suggestives des publicités de gaines et de soutiens-gorge, une belle tromperie soit dit en passant, mais cela ne voulait peut-être rien dire. Mon cœur se mit à battre la chamade. Je rêvais souvent la nuit qu'un inspecteur de Scotland Yard venait m'arrêter et il m'arrivait de penser au réveil que ce moment-là pourrait bien arriver un jour ou l'autre. Bien sûr, la justice ne serait pas méchante : les États-Unis étaient nos alliés et ne seraient sûrement jamais nos ennemis. Autrement, et l'on peut me croire, jamais je n'aurais accepté de suivre Lewis dans cette voie et je l'aurais empêché lui-même de s'y engager.

Une demi-douzaine de personnes, tout au plus, attendaient sur le quai. Comme tous les samedis, Londres était à moitié vide. Beaucoup de gens partent le vendredi soir à la campagne ; j'en connais qui n'ont pas les moyens, qui restent enfermés chez eux, volets clos, jusqu'au lundi matin, afin de faire croire qu'ils ne sont pas là.

L'homme qui était descendu derrière nous fit quelques pas vers la gauche et déplia le *Daily Express*. Lewis était inquiet, je le sentais, et nous ne pouvions nous empêcher tous les deux d'observer l'inconnu.

Un train arriva, presque vide, et nous nous retrouvâmes dans la même voiture que l'homme au chapeau melon qui, à peine assis, se remit à lire son journal.

Bond Street... Oxford Circus... Tottenham Court... Je faillis oublier sur la banquette le porte-documents contenant les films et m'en aperçus de justesse. Furieux, Lewis me fit une scène à mi-voix tout en marchant vers la sortie. L'homme au chapeau melon nous dépassa. Nous le suivîmes dans l'escalier roulant. Il regardait de nouveau les illustrations des publicités de gaines et de soutiens-gorge.

En haut, nous donnâmes nos tickets à l'employé. Là, nous allions savoir si l'homme au chapeau melon nous suivait ou non.

Chaque fois, c'était le même scénario. Je me dirigeais vers les cabines téléphoniques et entrais dans l'une d'elles, cependant que Lewis, feignant de m'attendre, observait les allées et venues et s'assurait que tous les gens sortis avec nous de la même rame de métro quittaient bien la station.

À peine la porte refermée, je ne pus résister au désir de regarder : l'homme au chapeau melon n'était plus là. Cela ne prouvait aucunement que nous ne l'intéressions pas, mais s'il nous attendait dehors, il pourrait attendre longtemps…

Je mis quatre pence dans la fente et composai sur le cadran AMB 1234, qui est le numéro du Cumberland.

— Miss Darracott est-elle là ? demandai-je.

Au bout d'un moment, la standardiste me répondit que j'étais sortie, ce qui n'était pas pour me surprendre.

— Merci, dis-je en raccrochant.

Je quittai la cabine. Lewis me fit un clin d'œil signifiant que tout allait bien et marcha vers un distributeur automatique auquel il prit deux tickets pour Waterloo. Sans rien dire, nous descendîmes successivement les deux escaliers roulants qui conduisent à la Northern Line. Lewis était devant moi et je m'aperçus que lui aussi regardait les photographies des publicités de sous-vêtements.

Il n'y avait sur le quai qu'un pasteur et un couple d'amoureux. Une femme maigre et mal maquillée arriva ensuite. Lewis l'examinait avec attention et cela m'agaça. Puis le train fut là.

Nous étions assis sur une des banquettes longitudinales, à l'arrière de la dernière voiture, et le train roulait déjà lorsque Lewis me poussa du coude pour attirer mon attention, puis me montra d'un mouvement de tête l'autre extrémité du wagon.

Mon sang ne fit qu'un tour. Assis sur la banquette latérale, nous tournant le dos, un homme vêtu de gris et coiffé d'un melon lisait un journal qui me sembla être le *Daily Express*. Et cet homme-là ressemblait étrangement à celui qui nous avait précédemment inquiétés.

— Ce n'est pas possible, chuchotai-je à l'oreille de mon fiancé, nous l'aurions vu entrer…

— Je ne l'ai pas vu en montant, répliqua Lewis.

Moi non plus, je ne l'avais pas remarqué. Nous étions rassurés à ce moment-là ; et s'il avait débouché au tout dernier instant de l'escalier pour pénétrer dans la voiture… Ce n'était pas impossible.

Ma main gauche chercha la main droite de Lewis et la serra. Il se dégagea d'un geste brusque. Il ne pouvait pas supporter les marques d'affection dans les endroits publics, aussi discrets fussent-ils. Il n'était d'ailleurs guère plus affectueux dans l'intimité et cela ne laissait pas de me tracasser. J'étais sa maîtresse depuis plus d'un an, mais il n'en usait que rarement et encore lui fallait-il des préliminaires qui me faisaient souvent rougir de honte. Par exemple, il exigeait que…

— Je vous dis que c'est lui, reprit-il alors que nous entrions dans la station de Leicester Square.

J'avais froid, soudain, et ma gorge serrée était bien incapable de produire le moindre son. De même mon cerveau avait-il cessé de fonctionner. Je m'en remettais entièrement à Lewis pour trouver une solution. Le train n'en finissait pas de repartir. Personne n'était monté dans le wagon. Enfin, les portes se refermèrent.

— Pas question de continuer, me souffla Lewis. Nous descendons au Strand.

C'était la station suivante. Lorsque le train se mit à ralentir, nous nous levâmes pour aller nous placer près de la dernière porte.

Le train s'arrêta et nous restâmes tout bêtes… à regarder la paroi du tunnel. Soit que le quai fût moins long que les autres, soit que le mécanicien eût arrêté sa machine un peu trop tôt, le dernier wagon n'était pas complètement dégagé et la double porte venait de s'ouvrir sur un mur.

Lewis fut aussi surpris que moi et, comme moi, il resta sans réaction. Lorsque l'idée lui vint que nous pouvions sortir par la porte centrale, il était trop tard.

Nous étions toujours dans la même situation, emportés vers Charing Cross, quand l'homme au melon replia posément son journal puis se leva.

Ce n'était pas celui que nous avions remarqué entre Marble Arch et Tottenham Court. Lewis en resta bouche bée. Moi, le fou rire me prit. Je ne vis même pas l'homme descendre. Je riais, je riais à en perdre haleine, à en pleurer.

Nous étions à Waterloo, je riais encore, par saccades, nerveusement, sans pouvoir m'arrêter. Nous quittâmes le train.

— Vous avez l'air d'une folle, me reprocha Lewis, qui donnait l'impression d'être fort en colère.

Je lui confiai le porte-documents et allai aux lavabos me refaire une beauté. Mon rimmel avait coulé et cela fut assez long.

— Whitney va nous attendre, me reprocha Lewis.

Il était fâché et cela m'ennuyait.

— Je suis navrée, assurai-je. Je crois qu'à l'avenir vous feriez mieux de faire les livraisons tout seul.

Il ne répondit pas et me rendit le porte-documents. Ce n'était pas la première fois que je me demandais pourquoi il exigeait que je sois avec lui pour la remise des documents. Il m'avait dit, tout au début, qu'un couple attire moins l'attention ; c'était bien possible.

Nous débouchâmes dans la partie est du hall de la gare et nous nous dirigeâmes vers la rampe qui rejoint

York Street. Un pigeon s'était posé sur la tête du grand lion de bronze peint en rouge qui monte la garde à l'entrée de la rampe, sur la rue. Cela me donna de nouveau envie de rire et, malgré mes efforts, ma gorge émit une sorte de gloussement qui fit sursauter Lewis.

— Qu'est-ce qui vous arrive encore ? s'exclama-t-il d'un ton acide.

— J'ai le hoquet, mentis-je.

Il soupira bruyamment, les yeux levés vers le ciel.

— Il ne nous manquait plus que ça.

— Je suis navrée, assurai-je.

3

Mon nom est Harold Thomas Ellis. C'est en tout cas le nom qui se trouve inscrit sur mon passeport canadien. Ce même document indique que je suis né à Honfleur, un village de cinq cents habitants près de Québec, il y a de cela trente-sept ans. Je suis grand, mince, blond, avec des pommettes saillantes et des oreilles décollées qui pourraient trahir ma véritable origine, si l'on pensait à me soupçonner.

Ce jour-là, depuis dix heures un quart, j'étais installé dans un snack de Waterloo Road, face à la gare, devant un café crème que j'avais payé aussitôt, et je surveillais les passants sur le trottoir opposé. Pas tous, seulement ceux qui tournaient le dos à la Tamise.

Il était exactement dix heures trente-trois lorsque j'aperçus Rose Darracott et Lewis Milligan. Ils marchaient vite et semblaient se disputer. Je me levai et quittai le snack, mon porte-documents sous le bras. Dehors, il faisait assez beau, mais le vent soufflait avec une certaine force et de gros nuages gris couraient dans le ciel en direction du nord. Si le vent tombait, il allait pleuvoir. Mon parapluie me servant de canne, je me mis à suivre les fiancés, sans toutefois changer de trottoir.

Ils franchirent Lower Marsh, puis traversèrent Waterloo Road. J'atteignais à ce moment Pear Square et je les vis passer devant l'Old Vic Theatre, puis enfin disparaître dans Weber Street.

Des clochards se chauffaient au soleil dans le square. Un jeune bobby passait, tranquille, la visière de son casque ombrageant ses yeux clairs, son bâton blanc lui battant le flanc. Je m'attardai un peu dans le square, puis traversai The Cut aux feux rouges. Les photographies de la troupe de l'Old Vic me fournirent encore un alibi pour observer mes arrières qui se reflétaient sur les glaces des vitrines. Tout était bien et j'avais la certitude que, une fois de plus, Rose Darracott et Lewis Milligan n'avaient pas été suivis.

Je serrai mon porte-documents sous mon bras et m'engageai à mon tour dans Weber Street. Rose Darracott était arrêtée un peu plus loin, devant un garage, et ce qui se passait à l'intérieur semblait l'intéresser beaucoup. Elle me connaissait sous le nom de Harry Whitney et me croyait attaché naval à l'ambassade des USA. En fait, nous n'avions eu qu'un seul contact lorsque Milligan me l'avait présentée. Elle avait tenu à me connaître avant de se décider à faire ce que lui demandait son « fiancé ».

À l'entrée de Weber Street, sur le flanc gauche du célèbre Old Vic, un urinoir pour les hommes a été construit au milieu de la chaussée. C'est un édifice de brique jaune vernissée, assez surprenant, surtout par sa situation.

Rose Darracott n'avait plus le porte-documents, c'était donc que tout allait bien de leur côté. Je descendis du trottoir, pressai le pas pour éviter un camion qui arrivait et pénétrai dans l'édicule. Milligan était là, le porte-documents sous le bras ; mais il n'était pas seul.

Un homme en bleu maculé de cambouis se soulageait à côté de lui.

Les secondes passaient et je pensais que la position de Milligan pouvait devenir difficile s'il était arrivé le premier. Enfin, le mécanicien s'en alla. Sans perdre de temps, nous fîmes aussitôt l'échange des porte-documents.

— J'espère que vous serez content, murmura Milligan.

Ce qui me laissa entrevoir une livraison intéressante.

— Je l'espère aussi, répliquai-je sur le même ton.

Il repartit. Je pris tout mon temps. Le porte-documents qu'emportait Milligan contenait cinq cents livres sterling en billets de cinq, leur salaire mensuel à tous les deux. Il était convenu que si une livraison ne nous donnait pas satisfaction les honoraires seraient réduits le mois suivant à notre convenance. Mais les renseignements fournis par Rose Darracott étaient toujours d'un grand intérêt et le couple avait déjà reçu six mille cinq cents livres sterling, au treizième mois de notre collaboration.

Lorsque je ressortis, ils avaient disparu. Nous étions convenus qu'ils devaient rejoindre The Cut par Mitre Road et Short Street.

Je continuai dans Weber Street. Si tout allait bien, nous pourrions, Louise et moi, prendre le train de onze heures quarante à Victoria Station pour Broadstairs. Je pensais que le temps pouvait se maintenir si le vent ne faiblissait pas et que nous pourrions passer un bon moment, l'après-midi, étendus sur le sable de la plage, à l'abri de la falaise. Louise Maclay est mon employée ; elle est aussi ma maîtresse.

J'avais dépassé Blackfriars Road lorsque le cours de mes pensées s'orienta vers Gregory... Gregory Krichkine était officiellement second secrétaire à l'ambassade de l'URSS à Londres. En réalité,

Gregory Krichkine est un colonel de l'armée soviétique, affecté depuis de longues années au GRU[1], et il dirigeait alors tous les réseaux de renseignements opérant en Grande-Bretagne.

Un soldat de l'Armée du Salut faillit me bousculer en sortant de la boutique du marchand de couleurs, presque à l'angle de Lancaster Road. J'ai un faible pour les gens de l'Armée du Salut, je ne sais trop pourquoi, peut-être parce que l'uniforme des hommes ressemble aux uniformes soviétiques. Celui-là dépendait de la section des Borough Corps installée dans un immeuble de l'autre côté de la rue. Je le vis y entrer avant de m'engager dans Lancaster...

Je me demandai alors, pour la centième fois, pourquoi un homme de la classe de Gregory Krichkine avait choisi de s'installer dans un quartier aussi pouilleux. Il habitait au troisième étage de Hampstone House, juste à l'entrée de la rue, à droite. C'était une maison ouvrière, en brique jaune, de trois étages, composée de petits appartements dont les portes peintes en rouge foncé ouvraient toutes sur des galeries accrochées sur la façade.

*

Je passai devant sans m'arrêter. À gauche, des maisons neuves s'alignaient, avec des balcons jusqu'au rez-de-chaussée. Les terrains vagues sur lesquels elles avaient été construites n'étaient pas encore aménagés et cela donnait à l'ensemble un aspect provisoire assez

---

1. Service central de renseignements soviétique, sous la dépendance du ministère des Forces armées, chargé de l'espionnage militaire à l'étranger.

déprimant. Il faut dire que j'habite Outer Circle, sur Regent's Park, et que cela fait une différence.

Un homme lavait sa voiture au bord du trottoir. Plus loin à gauche, il y avait une église. Je me retournai d'un mouvement naturel, comme pour regarder l'homme qui lavait sa voiture. Personne ne me suivait. Au carrefour suivant une énorme mégère en peignoir, ses cheveux gris et raides contenus dans des papillotes, m'observait, accoudée au rebord d'une fenêtre. Elle avait des yeux clairs, froids et durs, chargés d'hostilité, qui provoquèrent en moi un malaise irraisonné.

Je continuai jusqu'à Borough Road et fis alors demi-tour, en vue de l'École polytechnique. Deux gamins roux discutaient paisiblement sous l'une des fameuses affiches « HAVE AN EGG MEAL TONIGHT » qui tapissaient alors les murs de Londres. Peut-être se demandaient-ils comme moi pourquoi on tenait tant à leur faire manger des œufs avant de se coucher.

Je revis l'homme qui lavait sa voiture, et ce fut tout. Tranquillisé, je pénétrai dans Hampstone House et montai l'escalier jusqu'au troisième étage. Gregory Krichkine habitait au numéro 16. Je heurtai la porte de l'index selon le rythme convenu : trois coups, un temps, deux coups, un temps, un coup. Il m'ouvrit aussitôt.

Gregory est un homme magnifique, grand, brun, solidement bâti, avec un visage aux pommettes saillantes, à la mâchoire carrée, qu'adoucissent des yeux de velours sombre, aux paupières légèrement bridées, aux cils extraordinairement longs et drus.

— Tout va bien ? demanda-t-il.

— Très bien.

Un sourire découvrit un instant ses dents très blanches et pointues. Il referma la porte, puis fit monter l'intensité du poste de radio qui fonctionnait en sourdine.

Ainsi, nous pouvions parler sans risquer d'être entendus par les voisins. Je posai le porte-documents sur la table et en sortis le sac de cellophane qui contenait les tampons périodiques enveloppant les films. Il prit le sac et le mit sans plus attendre dans une serviette de cuir marron qu'il emporterait ensuite à l'ambassade.

— Vous avez fait un joli coup en recrutant ces gens-là, me dit-il. Si toutes nos sources étaient aussi régulières, aussi efficaces…

— Nous les payons cher, répliquai-je.

— Bien sûr, mais pas trop cher pour ce qu'ils nous donnent, je peux vous l'assurer.

— Je vous crois.

En fait, j'ignorais le détail des *fournitures* faites par le couple. Je savais que ces fournitures concernaient le *Dreadmought*, le premier sous-marin atomique britannique, et un certain nombre d'armes secrètes, appareils de détection sous-marine, nouvelles torpilles à tête chercheuse, expérimentées à Portland. Tous les documents ayant un rapport avec ces expériences passaient entre les mains de Rose Darracott, qui était chargée de leur classement.

— J'ai reçu un avis de livraison pour le matériel que vous m'avez demandé, reprit Gregory. Je pense que le *Jaroslav Dabrouski* l'apportera dès son prochain voyage.

J'avais réclamé un nouveau poste émetteur de radio, des appareils photographiques, des réducteurs et des agrandisseurs pour la fabrication et la lecture des microfilms ; bref, de quoi équiper un nouveau centre de transmission en plus de celui dont je disposais déjà. Dans ce fichu métier, il faut toujours tout prévoir.

Je consultai ma montre.

— Il est temps que je parte.

— Vous allez à Broadstairs ?

— Oui, comme tous les samedis. C'est rentable.

Gregory me regarda curieusement à travers ses longs cils à demi fermés.

— Avec Louise ?

— Avec Louise. Un couple passe plus facilement inaperçu qu'un homme seul.

Il sourit, légèrement ironique.

— Bien sûr… vous couchez ensemble.

C'était davantage une affirmation qu'une question. De toute façon, je n'avais pas envie de jouer au plus fin avec lui.

— Oui, reconnus-je, depuis quelque temps déjà.

— N'est-ce pas dangereux ?

— C'est vous qui me l'avez procurée, Je suppose qu'elle est sûre.

Il hocha doucement la tête.

— Pourquoi couchez-vous ensemble ?

J'aurais pu lui répondre que cela nous faisait du bien à tous les deux, mais ce n'était pas ce qu'il désirait savoir.

— C'est arrivé comme ça, dis-je. À Broadstairs, les gens auraient trouvé bizarre que nous prenions deux chambres.

— Êtes-vous amoureux ?

— Je l'aime bien, sans plus.

— Si vous étiez brusquement séparé d'elle, quelle serait votre réaction ?

Je fis la moue et haussai les épaules.

— Je n'en ferais pas une maladie. Elle me manquerait peut-être pendant quelque temps…

— Et elle ?

— Je suppose que ce serait la même chose. Elle n'est pas très communicative…

— Vous a-t-elle dit qu'elle vous aimait ?

— Nous n'avons jamais de conversations de ce genre. Une fois, elle m'a dit qu'elle était contente de travailler avec moi parce qu'elle se sentait bien en ma compagnie… Je crois que cela résume correctement la situation : nous nous sentons bien ensemble.

Il parut satisfait.

— Je vous revois le mois prochain, dit-il, comme d'habitude.

Il m'ouvrit la porte et ajouta :

— J'espère que vous aurez beau temps à Broadstairs.

Dans l'escalier, l'idée me vint que ma réponse n'avait pas été d'une franchise totale et que Louise et moi, nous tenions peut-être l'un à l'autre plus que nous ne voulions l'admettre. Lorsque Gregory m'avait laissé entrevoir une possible séparation, mon cœur s'était brusquement serré, d'une façon qui ne pouvait tromper.

*

Mon nom est Louise Maclay. Je suis née à Glasgow, il y a de cela… trente et un ans. À dix-huit ans, j'ai été fiancée à un jeune médecin de Londres, membre du Parti communiste, qui est mort quinze jours avant notre mariage dans un accident de chemin de fer. Un mois après cette tragédie, j'ai accepté les propositions d'un ami de mon défunt fiancé qui me proposait de travailler pour les services de renseignements soviétiques. C'était, me semblait-il alors, une manière de rester fidèle à la mémoire de celui que j'avais tant aimé. Un an plus tard, je le regrettais ; mais il était trop tard. Quand on a mis le doigt dans l'engrenage, tout le reste y passe…

Je suis grande, un mètre soixante-huit, et mince, cinquante-deux kilos, sans toutefois être maigre : tour de poitrine 78, tour de taille 51, tour de hanches 87. La nature m'a dotée d'un très joli corps et surtout de très jolies jambes ; malheureusement, elle n'a pas été aussi généreuse pour le visage et je suis plutôt laide de ce côté-là, malgré mes longs cheveux roux cendré et mes yeux noisette.

J'habite un petit appartement en sous-sol sur Drayton Gardens dans le quartier de South Kensington, à deux pas de Brompton Road. J'exerce la profession d'« accompagnatrice » et je travaille pour le Piccadilly Social Appointments, dont les bureaux sont installés dans Soho, Wardour Street, et dont le directeur est Harold T. Ellis.

La raison d'être du Piccadilly Social Appointments est de fournir sur demande The Right Partner for Dinner, Dancing, Theatres and All Social Occasions, des deux sexes pour les deux sexes. Qu'une femme seule désire un compagnon pour sortir le soir dans les cabarets, le PSA lui fournira un gentleman qui saura lui faire honneur en toutes circonstances et la reconduira à son hôtel dès qu'elle en manifestera le désir… Qu'un homme seul, allergique aux entraîneuses, désire une compagne pour aller dîner ou faire le tour des boîtes de nuit, le PSA lui procurera une jeune femme, sinon jolie, du moins sympathique et intelligente, et qui ne sera pas une putain. Il en coûtera au client trois guinées pour le PSA et trois guinées pour le ou la partenaire. Nos bureaux sont ouverts de onze heures du matin à cinq heures trente de l'après-midi, du lundi au vendredi. Les affaires marchent bien, la clientèle étant presque uniquement composée d'étrangers ou de provinciaux de passage à Londres.

Quelquefois, parmi ces clients, se trouvent des savants, des diplomates ou certains industriels dont la production intéresse le GRU, Harold s'arrange alors pour que ces gens-là me choisissent ; et moi, je m'arrange pour leur tirer les vers du nez.

Ce samedi-là, la voiture d'Harold était en réparation chez le carrossier, à la suite d'un accrochage sans gravité, et nous avions décidé de prendre le train à Victoria Station pour nous rendre à Broadstairs. Il y a des départs toutes les heures quarante et le voyage prend tout juste deux heures.

J'étais depuis dix minutes dans le hall East, près du kiosque central, lorsque Harold arriva. Harold est mon patron, doublement, mais il est aussi mon amant. C'est un homme qui a beaucoup de charme et je n'ai jamais eu à me plaindre de lui, sous aucun rapport.

Il me baisa tendrement la main, ce qui était inhabituel, et je lui demandai si quelque chose n'allait pas.

— Tout va très bien, répliqua-t-il.

Nous allâmes prendre les billets au guichet du quai 2. Le train était déjà là et nous franchîmes la barrière.

— Les huit wagons de tête, nous indiqua le contrôleur.

Les autres n'allaient pas jusqu'à Broadstairs. Nous nous installâmes dans un compartiment de première classe assez sympathique avec ses sièges bleu-vert, ses rideaux jaunes et ses abat-jour de matière plastique blanche. Nous étions seuls et nous prîmes les places du coin près de la fenêtre.

— Louise, dit soudain Harold.

Il ne semblait pas dans son assiette.

— Harold ?

— Si nous étions obligés de nous séparer, demanda-t-il, seriez-vous ennuyée ?

La question me surprit, mon cœur se mit à battre plus vite mais je n'en montrai rien.

— Bien sûr, répondis-je d'un ton léger, nos relations ont toujours été agréables.

J'eus l'impression qu'il était déçu. Qu'attendait-il donc ? Il fronça les sourcils et feignit de s'intéresser aux voyageurs qui passaient sur le quai devant la fenêtre.

— Oui, reprit-il, agréables...

— Pourquoi me demandez-vous cela ? Allons-nous être obligés de nous séparer ?

Il répondit sans me regarder.

— Je n'en sais rien. Franchement, je n'en sais rien...

Je n'osais pas insister. D'un accord tacite, nous avions toujours évité de parler sentiment et je ne comprenais pas pourquoi, subitement, il passait outre.

Je fus mal à l'aise pendant tout le voyage. Nous arrivâmes à Broadstairs vers deux heures moins le quart. Il y avait beaucoup de vent, mais le temps était assez beau. Il n'y avait pas de taxi à la gare et nous descendîmes à pied par la rue principale jusqu'à l'auberge, au bord de la mer, qui nous accueillait tous les samedis soir.

Ce n'était pas sans raison que nous avions choisi cette auberge. Chaque week-end, un certain nombre d'officiers de marine américains s'y retrouvaient et nous apprenions souvent des choses intéressantes rien qu'en les écoutant parler, après le dîner, lorsque l'alcool aidant ils devenaient de plus en plus bavards.

Nous montâmes dans notre chambre pour nous changer avant de nous rendre à la plage, comme nous le faisions toujours. À peine la porte refermée, Harold se montra de nouveau très tendre. Il voulut m'aider à me déshabiller. Il était amoureux de mon corps, il affirmait qu'il n'en avait jamais connu d'aussi parfait...

Nous fîmes l'amour tout l'après-midi et personne ne nous vit sur la plage ce jour-là.

4

Mon nom est Thomas K. Butler ; en tout cas, c'est ce nom-là qui se trouve inscrit sur mon passeport britannique. Mais, comme je possède d'autres passeports, de nationalités différentes, à des noms différents, cela ne prouve rien.

J'ai cinquante et un ans. Je suis de taille moyenne, avec un peu d'embonpoint, des cheveux épais, châtains, un peu grisonnants sur les tempes, des yeux gris, petits, enfoncés dans les orbites, une bouche épaisse et des dents jaunies par le tabac.

Ma femme s'appelle Jane. Elle a quarante-six ans et ressemble à n'importe quelle ménagère anglaise. Détail particulier : les incisives supérieures très écartées ; on appelle ça les dents du bonheur.

Nous tenons tous les deux une librairie sur le Strand, avec appartement au-dessus. Cette librairie est spécialisée dans les livres anciens et c'est surtout Jane qui s'en occupe ; elle a suivi des cours de bibliothécaire et s'y connaît mieux que moi.

Pour les week-ends, nous avons loué une petite maison avec un jardin à Ruislip Gardens, à l'ouest de Londres, à vingt kilomètres du Strand et à une demi-heure par le métro.

Nous étions arrivés le vendredi soir et nous avions passé un samedi paisible à bêcher le jardin et à semer des fleurs, car le printemps était précoce et la température anormalement douce pour la saison. Le dimanche matin, nous avions fait la grasse matinée et il était plus de onze heures lorsque Jane me demanda d'aller faire quelques courses.

Le centre commercial se trouve près de la gare, à dix minutes à pied de la maison. Je m'y rendis. Beaucoup de magasins étaient fermés, mais les boutiques d'alimentation qui m'intéressaient étaient ouvertes. Mes achats terminés, j'aurais bien été prendre un whisky au Double Diamond, mais le dimanche les pubs n'ouvrent qu'à midi, au lieu de onze heures et demie. Cela m'aurait fait attendre trop longtemps et Jane n'aurait pas été contente.

Je venais de repasser sous le pont du chemin de fer lorsque je vis arriver Harold T. Ellis qui sortait de la gare. Cela ne me fit ni chaud ni froid. Harold est mon chef et nous avons un certain travail à faire ensemble. Il est chez lui à Ruislip, autant que nous, bien que la maison soit louée à notre nom, car c'est le réseau qui paye. Il m'aperçut et m'attendit au carrefour. Il était vêtu de gris, sans chapeau, et portait son imperméable sur le bras.

— Bonjour, me dit-il, j'espère que vous avez quelque chose à manger pour moi.

— Certainement, répliquai-je. Jane est toujours prévoyante…

Nous repartîmes ensemble, restant un bon moment sans parler. Je pensais quelquefois que nous étions devenus de parfaits Anglais, considérant comme une conversation animée un échange de remarques sur le temps toutes les dix minutes.

La rue que nous suivions était bordée de maisons toutes semblables, à double encorbellement, bâties en brique, dont quelques-unes se singularisaient tout de même par un crépi jaune sale. De minuscules pelouses bordées de haies taillées les séparaient du trottoir. La nuit, l'éclairage était assuré par d'authentiques becs de gaz.

— J'étais au bord de la mer, reprit Harold. Il faisait à peu près beau…

— Un peu de vent, peut-être ?

— Un peu de vent, oui… Mais la plage est orientée au nord et protégée par des falaises.

Il ne m'avait jamais dit où il allait le samedi, mais j'imaginais par des détails de ce genre qu'il pouvait s'agir d'une plage située sur la rive sud de l'embouchure de la Tamise.

Une femme en pantalon, occupée à tailler une haie du côté de la rue, offrait à nos regards un derrière large et rond comme une croupe de jument. La main me démangea au passage, mais l'Angleterre n'est pas un pays où l'on peut se livrer à des plaisanteries de ce genre.

Cinquante mètres plus loin, alors que mon attention était retenue par des bouteilles de lait pleines restées devant une porte, Harold annonça :

— J'ai un message pour le Centre.

Le Centre, c'est ainsi que nous appelons familièrement entre nous le GRU. Mais Harold aurait pu se dispenser de le dire. Je savais bien qu'il ne venait pas à Ruislip uniquement pour prendre l'air.

Jane avait mis un poulet au four ; c'était un vieux four à gaz, acheté d'occasion, et la maison était pleine de fumée. Nous ouvrîmes les fenêtres et montâmes à l'étage où nous avions installé un bureau dans celle des trois chambres qui ne servait à rien.

Harold s'installa au bureau et rédigea le message. Pendant ce temps, je sortis le code que nous cachions dans l'épaisseur de l'appuie-bras d'un fauteuil club en cuir. La maison était pleine de cachettes de ce genre, qui n'étaient d'ailleurs pas invulnérables, mais que nous continuions d'employer par simple discipline. Cela faisait si longtemps que Harold et moi pratiquions l'espionnage dans les pays occidentaux que nous en étions arrivés à penser que nous ne courions plus le moindre risque.

Harold avait rédigé le message en russe. Le russe est sa langue natale, moi je suis né à New York, mais j'ai appris le russe depuis longtemps et je le lis couramment. Harold me céda la place et je me mis au travail.

Harold s'installa dans le fauteuil, alluma une cigarette et se mit à lire le *Sunday Telegraph*. Il était parfaitement décontracté. Les premiers temps, en pareille circonstance, il se tenait près de la fenêtre pour surveiller la rue.

L'heure d'émission qui nous était assignée le dimanche se situait entre midi et une heure ; nous n'avions donc pas de temps à perdre. Quand j'eus terminé, nous descendîmes à la cuisine, complètement enfumée.

— Le poulet est cuit, annonça Jane.

— Eh bien, éteins ton four, répliquai-je. Il faut que nous émettions maintenant.

Je brûlai le texte du message en clair. Jane écrasa les cendres dans l'évier et fit couler l'eau. Puis elle ferma la fenêtre, munie de verres dépolis, afin que nos voisins de la rue parallèle, dont le jardin jouxtait le nôtre, ne pussent voir ce que nous allions faire.

Ça puait horriblement dans cette cuisine, mais il fallait bien le supporter. Harold m'aida à déplacer le réfrigérateur, puis à soulever le linoléum pour découvrir la trappe sous laquelle était caché notre poste émetteur.

C'était un appareil très récent et très perfectionné, capable de transmettre deux cent cinquante mots à la seconde. Le principe en est simple. Sur un magnétophone incorporé, on enregistre normalement le texte à envoyer ; cela fait, on réenroule la bobine. On appuie sur un bouton qui fait fonctionner l'émetteur proprement dit, puis sur un second bouton qui provoque le déroulement à grande vitesse de la bobine impressionnée. L'émission est si rapide qu'il est pratiquement impossible de la localiser par radiogoniométrie. Le destinataire dispose d'un récepteur muni également d'un magnétophone qui enregistre le message « comprimé » ; il suffit ensuite de faire dérouler la bobine avec la lenteur voulue pour rendre le texte de nouveau intelligible.

Le seul inconvénient de cet appareil astucieux, guère plus gros que ces récepteurs portatifs à transistors que l'on voit maintenant partout, c'est qu'il ne peut fonctionner sans une antenne très importante, d'au moins quinze mètres. À Ruislip, nous avions tourné la difficulté en déployant derrière la maison une antenne de vingt mètres, fixée sur des poteaux de bois et que Jane pouvait également utiliser… pour étendre le linge. Le raccord était camouflé dans la cuisine sous l'apparence d'une banale prise de courant.

Nous avions tiré l'appareil de sa cachette et j'étais en train de le préparer sur la table lorsque nous entendîmes quelqu'un appeler dans la salle de séjour.

Jane devint très pâle et fonça vers la porte. J'eus la présence d'esprit de jeter sur l'appareil un torchon abandonné sur la table. Harold jura et repoussa brutalement le réfrigérateur, déchirant le linoléum.

Jane passa dans la salle de séjour et referma la porte derrière elle. Mon cœur battait follement. Cela faisait longtemps que nous ne prenions plus la précaution de fermer à clé la porte d'entrée. Nous n'entretenions aucune relation avec nos voisins immédiats et nous n'imaginions pas que quelqu'un pût nous surprendre.

Harold et moi nous retrouvâmes près du battant, l'oreille tendue. Un homme parlait à Jane avec une grande volubilité, et il nous fallut un bon moment pour comprendre qu'il essayait de vendre des livres, notamment la nouvelle édition de la Bible en langage populaire. Jane ne disait rien, mais de toute façon l'autre ne lui laissait pas le temps de placer un mot. Ce n'était pas mauvais, car il lui laissait ainsi le loisir de recouvrer son sang-froid.

Harold prononça quelque chose, mais si bas que je ne compris pas. Puis Jane se mit à parler, élevant la voix pour couvrir celle du visiteur. Elle disait qu'elle n'avait besoin de rien et que d'ailleurs le poulet était en train de brûler dans le four ; l'autre répondit qu'elle n'avait qu'à le retirer, qu'il avait tout le temps.

Jane revint et voulut refermer la porte, esquissant de sa main libre un geste d'impuissance.

— J'y vais, décidai-je.

J'écartai Jane et passai dans la salle de séjour, refermant derrière moi. Le type était devant le buffet, en train de regarder une photographie de Jane et de moi, prise l'année précédente au bord de la mer. Il dit sans se retourner :

— C'est votre mari ? Je sens que ce doit être un brave homme.

— Pas si brave que ça, répliquai-je.

Il était grand et maigre, avec des lunettes, et son costume aurait eu besoin d'un coup de fer. Il tenait à la main un carnet et un crayon, comme s'il s'apprêtait à noter une commande. Il se retourna d'une pièce et me sourit, comme si j'avais été vraiment l'homme qu'il attendait depuis des années.

— Comment allez-vous ? s'exclama-t-il.

— Nous n'avons besoin de rien, assurai-je, ma femme vous l'a déjà dit.

— Connaissez-vous la dernière ?

Il se mit à raconter l'histoire éculée du petit garçon auquel un vieux monsieur dit qu'il est grand pour son âge, qu'il est aussi grand que son parapluie, et qui demande au vieux monsieur quel âge a son parapluie. Il éclata de rire, un rire haut perché qui n'en finissait pas. Puis il s'arrêta et me regarda.

— Cela ne m'amuse pas, dis-je. Laissez-nous déjeuner tranquillement.

Sans hâte, j'allai ouvrir la porte d'entrée et m'effaçai pour le laisser passer. Cela eut l'air de le surprendre. Il grimaça curieusement, passa lentement un doigt dans son col, puis remit son carnet et son crayon dans sa poche.

— Je suis navré, dit-il en venant vers moi.

— Moi aussi.

— Bon appétit.

— Merci.

Il sortit enfin. Je refermai la porte et poussai le verrou en même temps qu'un soupir de soulagement. Puis je rejoignis les autres dans la cuisine.

— Êtes-vous sûr que ce n'était pas un flic ? demanda Harold.

— Je n'en sais rien, répondis-je. Je n'ai jamais vu un type pareil.

— Qu'est-ce qu'on fait ?

— On émet. On ne peut pas attendre davantage.

Il sortit de sa poche le texte codé du message et je préparai l'appareil cependant que Jane allait jeter un coup d'œil dans la rue à travers les rideaux d'une des fenêtres en encorbellement de la salle de séjour. Harold lut le message. Il prononçait le russe mieux que moi, forcément, puisque c'était sa langue maternelle, et quand il était là, c'était toujours lui qui enregistrait les textes. Ce qu'il disait avait l'air d'une histoire de fous, mais le texte en clair donnait des détails sur un très prochain et très important déplacement de grosses unités de la marine américaine. Quand il eut fini, je fis défiler la bobine en arrière et appuyai successivement sur les deux boutons.

En quelques secondes, tout fut terminé. À Moscou, un récepteur réglé sur la même longueur d'onde et muni d'un magnétophone avait déjà enregistré le message.

— Je pense encore à ce type, dit Jane. Ça me tracasse.

Harold m'aidait à ranger l'appareil. Il ne parlait pas, mais nous devions tous penser la même chose. Après coup, je réalisai combien j'avais été imprudent d'insister pour émettre quand même.

L'appareil remis dans sa cachette, le linoléum et le réfrigérateur également remis en place, nous nous sentîmes soulagés.

— Un petit whisky ? proposai-je. Nous l'avons bien mérité.

Quelques minutes plus tard, alors que nous venions de lever nos verres à nos santés, Harold Ellis remarqua doucement :

— Il faut des alertes de ce genre pour nous rappeler de temps en temps que nous faisons un métier dangereux.

Il avait raison. Le contre-espionnage est si peu efficace dans les pays capitalistes, nous nous sentons si peu menacés que nous en arrivons à nous endormir dans un sentiment de trompeuse sécurité qui nous amène progressivement à négliger les précautions les plus élémentaires. Et c'est lorsque nous en sommes là que les ennuis arrivent.

En étions-nous là ? À cet instant, je me posai sérieusement la question.

5

Suite du récit de Colin P. Arbuckle.

Sur mon invitation, George Seymour, l'attaché naval américain, revint me voir le lundi soir, un peu avant six heures. Il m'offrit une cigarette, que je refusai : je n'aime que le tabac anglais.

— J'ai du nouveau, annonçai-je. Depuis samedi matin, nous avons fait du bon travail.

Il alluma sa cigarette, remit son briquet dans sa poche et me regarda, la tête légèrement penchée à droite, dans une attitude qui lui était familière.

— Ce n'était donc pas une blague ?

Il se laissa glisser dans un fauteuil et croisa les jambes. Il portait des socquettes très courtes et montrait ainsi un peu de sa peau blanche et poilue. Je ne pus réprimer une grimace. Un vrai gentleman porte des vraies chaussettes. Seymour se méprit et demanda :

— C'est si mauvais que ça ?

Je toussotai.

— Nous ne savons pas encore… Après notre entrevue, samedi matin, j'ai déclenché l'enquête sur Rose Darracott. Il m'a fallu un quart d'heure pour apprendre qu'elle occupait une chambre au Cumberland, ce que je soupçonnais déjà. À neuf heures et demie, nos meilleurs spécialistes en filature étaient sur place…

Je m'interrompis pour allumer à mon tour une cigarette, une anglaise. La peau blanche des jambes de Seymour, entre ses socquettes et le bas de son pantalon, attirait continuellement mon regard et me gênait.

— Et alors ?

Un vrai gentleman aurait attendu sans broncher que je veuille bien continuer. Cette question m'irrita, mais je réussis à me raisonner : il faut bien accepter les Américains comme ils sont, puisque nous sommes alliés et destinés, sans aucun doute, à nous fréquenter encore longtemps.

— À dix heures, repris-je, un homme dans la cinquantaine est venu la demander et l'a attendue dans le hall. Elle est descendue peu après. Ils ont pris le métro à Marble Arch…

Je racontai la fausse sortie de Tottenham Court et la difficulté qu'avaient eue mes hommes pour reprendre la filature. À la sortie de Waterloo, ils étaient trois sur le coup. Un devant, déguisé en mécanicien, deux autres derrière.

— Un homme qui leur avait emboîté le pas dans Waterloo Road a rejoint le compagnon de Rose Darracott dans cet édicule planté au milieu de Weber Street, à côté de l'Old Vic Theatre. Ils avaient exactement le même porte-documents et ils ont dû faire l'échange. C'est un coup classique…

Là, l'équipe s'était scindée. Deux agents spéciaux avaient pris la trace du nouveau venu, cependant qu'un seul demeurait sur la piste de Rose Darracott et de son compagnon.

— Après quelques détours, le dernier venu est entré dans un appartement de Hampstone House, à l'entrée de Lancaster Street. Je peux vous annoncer tout de suite que l'occupant de cet appartement s'appelle Gregory Krichkine et qu'il est second secrétaire à l'ambassade soviétique.

Seymour devint pâle et jura. Ces Américains ne savent décidément pas se contrôler.

— L'homme qui avait contacté le compagnon de Rose Darracott à l'entrée de Weber Street est ressorti de chez Krichkine cinq minutes plus tard. Il s'est rendu à la gare de Victoria où il a retrouvé une jeune femme rousse. Tous les deux ont pris un train à onze heures quarante et sont descendus deux heures plus tard à Broadstairs. Ils vont tous les samedis là-bas et logent toujours dans la même auberge, en bord de mer, une auberge où se retrouvent également tous les samedis un certain nombre d'officiers de marine américains qui ont, d'après mon agent, la langue un peu trop bien pendue. Le couple dont je vous parle s'inscrit là-bas sous le nom de M. et Mme Harold Ellis. En fait, ils ne sont pas mariés.

Seymour bouillait d'impatience et cela ne me déplaisait pas. Je fis une pause, attendant qu'il me lançât un nouveau : « Et alors ? » Mais il n'en fit rien. Peut-être serait-il tout de même possible d'en faire un gentleman, s'il y mettait du sien.

— Harold Ellis est rentré seul hier matin. Il est passé chez lui. Il habite un bel appartement, Outer Circle, sur Regent's Park. Ensuite, il a pris le métro et s'est rendu à Ruislip chez des gens qui se nomment Butler et qui tiennent une librairie sur le Strand. Il est revenu seul, en fin d'après-midi…

Le téléphone sonna. Je m'excusai auprès de mon visiteur et répondis. C'était sans importance et ce fut vite terminé.

— Et les autres ? s'enquit Seymour lorsque j'eus raccroché.

Il était incorrigible.

— La jeune femme rousse est rentrée de Broadstairs dimanche soir, assez tard, et a rejoint son domicile, un studio en sous-sol dans Drayton Gardens… South Kensington. Elle s'appelle Louise Maclay. Elle est employée par le Piccadilly Social Appointments…

— Qu'est-ce que c'est que ça ? s'étonna Seymour.

Pour toute explication, je pris une carte publicitaire du PSA et la portai à Seymour. Il la parcourut lentement.

— Je ne pensais pas que des trucs comme ça puissent exister, dit-il en me restituant la carte. C'est une histoire de call-girls, non ?

— Pas du tout. La moralité des accompagnateurs est au-dessus de tout éloge, d'après Scotland Yard. Par exemple, Louise Maclay ne couche qu'avec son patron…

— Ah ! Parce que…

— Oui, le propriétaire-fondateur-directeur du Piccadilly Social Appointments est M. Harold Thomas Ellis, de nationalité canadienne, établi à Londres depuis sept ans.

Je lui appris encore que Rose Darracott et son compagnon étaient restés à Londres pendant le week-end, que l'on savait maintenant que l'homme s'appelait Lewis Edward Milligan et qu'il était employé, sous-chef de bureau, des services civils de l'Amirauté.

— Ils sont fiancés et ils sont repartis ensemble pour Plymouth hier soir.

— Et les Butler ?

— Ils étaient à leur librairie ce matin.

George Seymour hocha doucement la tête.

— Vous avez fait un travail considérable, reconnut-il.

J'étais content de le lui entendre dire. En fait, pendant ces dernières quarante-huit heures, neuf agents spéciaux parmi les meilleurs dont je pouvais disposer avaient travaillé sur cette affaire. Les résultats obtenus étaient assez extraordinaires, il faut bien l'admettre.

— En fait, repris-je, il est à peu près certain que nous avons mis la main sur un réseau de renseignements soviétique, qui serait coiffé par Gregory Krichkine et dont la cheville ouvrière doit être Harold Ellis. À partir de maintenant, tous ces gens-là vont être constamment surveillés ; ils ne peuvent plus remuer le petit doigt sans que j'en sois aussitôt informé. D'autre part, je vais prendre des dispositions pour introduire un de mes agents au Piccadilly Social Appointments...

— Je pense, dit Seymour, que nous vous demanderons d'accepter auprès de vous un observateur de nos services spéciaux. Il semble que cette affaire nous concerne autant que vous...

Je craignais cela depuis un moment et cela me paraissait inévitable. De toute façon, si je disais non, Seymour s'adresserait à mes chefs et obtiendrait sûrement satisfaction. À contrecœur, je répliquai :

— Je n'y vois pas le moindre inconvénient, toutefois, je dois en référer à mes supérieurs...

— Bien entendu, dit Seymour.

*

Mon nom est Linda Bush. J'ai été successivement professeur de français dans un collège de Londres, cover-girl, puis mannequin à Paris, épouse d'officier, puis veuve d'officier. Feu mon mari, le commandant William Henry Bush, était un des plus brillants spécialistes de la section 10 du Military Intelligence[1], mais cela, je ne l'ai su qu'après sa mort. William est mort à Berlin voici deux ans. Son corps ne m'a pas été rendu et je n'ai jamais connu les circonstances exactes de sa mort. Quelques mois après le drame, ayant demandé à ses anciens chefs de me trouver une situation, ceux-ci me proposèrent d'entrer au MI5 en qualité d'agent spécial. Et voilà…

Colin Arbuckle a dit de moi à quelqu'un, qui me l'a répété, que j'étais une rousse tapageuse mais parfaitement capable de faire perdre la tête à l'archevêque de Canterbury si je voulais m'en donner la peine. Je ne connais pas personnellement l'archevêque et de toute façon la performance ne me tente pas…

J'habite toujours le grand appartement que m'a laissé William, qui le tenait lui-même de ses parents, et qui est situé au troisième étage d'un vieil et aristocratique immeuble d'Old Bond Street, à deux pas de Piccadilly. C'est là que Colin Arbuckle me téléphona le mardi matin pour me demander de passer le voir dès que possible.

Je fus à son bureau à onze heures. À midi, il avait fini de m'expliquer l'affaire. À midi et demi, il me faisait visiter un studio au quatrième étage d'une maison de Panton Street, entre Haymarket et Leicester Square. Ce studio allait être le mien pendant quelque temps. Il était loué au nom de Linda Clark, tout meublé, et donnait vraiment l'impression d'être habité depuis longtemps. Il ne me restait plus qu'à y apporter mes affaires personnelles.

Nous retournâmes au bureau de Colin Arbuckle. Il me remit de nouveaux papiers d'identité, y compris un

1. Service de renseignements de l'armée britannique.

permis de conduire, tous munis de ma photographie mais établis au nom de Linda Clark. J'appris que Linda Clark était la veuve d'un journaliste mort récemment à Paris où il était correspondant d'un journal canadien de langue anglaise. De retour à Londres, elle s'était mise à écrire un roman, mais ses revenus s'épuisaient et elle cherchait une occupation qui non seulement ne l'empêcherait pas de continuer à écrire, mais pourrait même lui apporter un certain enrichissement personnel.

J'occupai le reste de la journée à faire mes valises. La nuit venue, une camionnette me transporta à Planton Street avec mes bagages et je dormis pour la première fois dans mon nouveau domaine.

Le mercredi matin, à onze heures trente, je me présentai au Piccadilly Social Appointments, Wardour Street, en plein cœur de Soho…

J'étais très excitée et j'avais peur.

*

Suite du récit de Harold T. Ellis.

Ce matin-là, j'étais arrivé à onze heures au bureau, comme d'habitude. Louise était sortie la veille avec un client, un industriel de Berlin-ouest qui pouvait être intéressant. Elle venait de m'appeler au téléphone pour me dire que tout s'était bien passé et que le client avait été parfaitement correct ; cela signifiait en clair que l'affaire n'avait rien donné côté renseignement.

J'allais appeler un de mes employés, un ancien officier de l'armée des Indes, retraité, pour lui confirmer qu'il devait escorter ce soir-là une richissime veuve américaine descendue au Savoy et qui brûlait d'envie de connaître Soho « by night », lorsque la sonnerie de la porte d'entrée retentit.

Les locaux du PSA sont composés en tout et pour tout d'une salle d'attente, de mon bureau et d'un cabinet de toilette. Je me levai pour aller ouvrir et ma surprise fut grande de me trouver en face d'une jeune femme rousse d'une grande beauté, élégamment vêtue d'un imperméable mastic à boutons de cuir, très serré à la taille. Il était impensable qu'une fille pareille pût éprouver la moindre difficulté à trouver un homme pour l'escorter, même jusqu'au bout du monde. Le seul problème qui pouvait se poser à elle dans ce domaine ne pouvait être qu'un problème de sélection. Je pensai qu'elle s'était trompée d'étage.

— En quoi puis-je vous être utile ? demandai-je.

Elle paraissait un peu intimidée et serrait nerveusement contre elle un grand sac à main de cuir noir très souple.

— Je voudrais voir le directeur du Piccadilly Social Appointments, répliqua-t-elle.

Elle avait une jolie voix, plutôt basse, avec des frémissements sur certaines syllabes qui donnaient envie de l'entendre encore.

— Je suis le directeur, répondis-je. Mon nom est Harold Ellis.

— Mon nom est Linda Clark. Comment allez-vous ?

J'étais déconcerté et une soudaine méfiance me paralysait.

— Entrez, dis-je néanmoins.

Je refermai la porte et conduisis l'époustouflante créature dans mon bureau. Elle s'assit dans le fauteuil que je lui désignai et garda les jambes serrées, légèrement basculées sur le côté, comme le font les mannequins professionnels. Elle était vraiment très belle et le regard de ses yeux gris-vert, aux cils interminables, était absolument fascinant.

— En quoi puis-je vous être utile ? répétai-je.

La gorge un peu sèche.

— J'ai lu la publicité que vous faites insérer dans *This Week in London*, répondit-elle. Je voudrais savoir si votre personnel est au complet ou bien si vous avez encore des places disponibles.

Je ne sais vraiment pas pourquoi je n'avais pas pensé plus tôt qu'elle pouvait chercher du travail ; peut-être parce que l'on imaginait mal qu'une créature aussi belle pût être obligée de travailler pour gagner sa vie.

— Nous sommes toujours en quête de bons éléments, répliquai-je prudemment. Pouvez-vous m'expliquer pourquoi vous avez envie de faire ce métier ?

— Mon mari est mort récemment, à Paris, où nous habitions. Il était correspondant de presse. Je suis revenue à Londres avec l'intention de me mettre à écrire...

— Des romans ?

— Oui... Je cherche une occupation qui me laisse beaucoup de loisirs, qui me permette néanmoins de payer mon loyer et de manger, et qui m'apporte si possible une expérience humaine utile pour mes travaux d'écrivain... J'ai pensé que le Piccadilly Social Appointments pouvait m'offrir ces avantages.

Dans la mesure où elle ne mentait pas, cela était parfaitement logique. Mais le souvenir du marchand de Bibles qui était venu nous surprendre à Ruislip me revint à l'esprit. J'y avais repensé plusieurs fois depuis, et chaque fois avec un sentiment d'angoisse.

— Il faut que je vous avertisse tout de suite, repris-je, il s'agit d'un travail extrêmement sérieux. Je fais exercer une surveillance sur les gens qui travaillent pour moi, hommes et femmes. Au moindre écart de conduite, c'est le renvoi immédiat. Je suis obligé d'être très strict pour ne pas avoir d'ennuis avec la police, qui avait plutôt tendance au début à me considérer comme le chef d'une organisation de call-girls.

Elle fronça les sourcils et prit un air pincé.

— C'est bien ainsi que je l'avais compris, assura-t-elle.

Il me paraissait bien improbable que le contre-espionnage britannique pût employer de pareilles créatures, mais l'incident du dimanche précédent m'avait alerté. Que devais-je faire ? Il me fallait prendre une décision tout de suite.

— En ce qui vous concerne, dis-je, il y a un obstacle…

Elle cessa un instant de respirer, ce qui me montra combien elle espérait décrocher l'emploi.

— Lequel ? s'étonna-t-elle.

— Vous êtes beaucoup trop belle. Tous les hommes qui sortiraient avec vous auraient le coup de foudre et cela nous amènerait immanquablement à des complications.

Elle sourit et parut rassurée.

— Je peux me donner un air plus sévère, affirma-t-elle. C'est une question de coiffure et d'habillement. Avec un chignon et…

— Puisque vous parlez de vêtements, il faut au moins deux robes de cocktail, élégantes. Nos clients sont en général d'un milieu assez élevé et il faut pouvoir leur faire honneur.

— J'ai ce qu'il faut. À Paris, nous sortions beaucoup…

— Les honoraires sont de trois guinées par soirée. Je précise toujours au client qu'il s'agit là d'un minimum et il peut arriver qu'il se montre généreux si vous lui avez donné satisfaction.

— Trois guinées pour l'accompagnatrice ?

— Oui, je fais payer d'avance, et indépendamment, les honoraires de la maison.

Elle fit une grimace.

— Ce n'est pas extraordinaire, remarqua-t-elle, car je suppose qu'il ne faut pas s'attendre à sortir tous les soirs ?

— Sûrement pas. D'ailleurs, vous ne tiendriez pas le coup. En moyenne, comptez sur trois soirées par semaine.

Nouvelle grimace.

— Ce n'est pas Byzance !

— Presque tous mes employés exercent une autre activité…

— Je vois, dit-elle.

Elle paraissait nettement moins enthousiaste qu'au début et cela me rassura. De toute façon, si cette jolie personne m'était envoyée par le MI5 ou par la *Special Branch* de Scotland Yard, il ne servirait à rien de l'écarter. Si j'étais devenu suspect, mes adversaires trouveraient un autre moyen de m'accrocher, un autre moyen que je ne pourrais peut-être pas déceler.

— Vous parlez français, je suppose.

— Couramment.

— C'est un atout. Nous avons une clientèle d'hommes d'affaires français… Si vous êtes toujours décidée, bien entendu.

Je réalisai soudain que cela m'aurait embêté si elle avait déclaré à ce moment-là que cela ne l'intéressait plus.

— C'est moins folichon que je ne l'imaginais, répliqua-t-elle, mais j'aimerais essayer.

J'étais ennuyé par l'espèce de fascination qu'elle exerçait sur moi. Elle était de ces rares créatures dont les personnes du sexe opposé ne peuvent que difficilement détacher leurs regards. Un réflexe de prudence, qui n'avait plus rien à voir cette fois avec la sécurité de mon réseau, me fit ouvrir la bouche pour lui dire qu'en fin de compte je n'avais pas besoin d'elle, mais elle me coupa la parole.

— Si un client se montre vraiment insupportable, questionna-t-elle, que faut-il faire ?

— La première précaution à prendre est de vous arranger dès le premier contact pour que le client soit bien persuadé que vous n'êtes pas seule chez vous, ce qui lui enlève automatiquement toute envie de vous accompagner au-delà de votre porte lorsqu'il vous reconduit. Un frère fait très bien…

— Je vois… Eh bien, d'accord. Que faut-il faire maintenant ?

Elle me coupait l'herbe sous le pied. Je me dis qu'après tout je manquais de jeunes femmes parlant couramment le français et que c'était un fait à considérer.

— Montrez-moi votre carte d'identité, répliquai-je. Je vais noter tous les renseignements nécessaires pour l'enquête…

— Ah ! Parce que vous faites une enquête ?

Il était difficile de savoir si cela l'embêtait ou non. Elle ouvrit son sac posé sur ses genoux et se mit à fouiller dedans.

— C'est une règle générale, répondis-je. Je suis certain que vous êtes quelqu'un de très bien, mais je veux éviter que des aventurières s'introduisent ici dans des buts malhonnêtes…

Elle se pencha en avant et me tendit ses papiers.

— Par exemple ?

— Prostitution, entaulage, chantage, etc.

J'examinai les documents qui semblaient parfaitement en règle et commençai à prendre des notes.

— Cela s'est-il déjà produit ?

— Une fois... Une fille qui s'était fait photographier dans une boîte de nuit avec un gros industriel américain. Elle a essayé ensuite de le faire chanter, en le menaçant d'envoyer la photo à sa femme... Mais l'Américain n'était pas marié, il le lui avait dit simplement par précaution, pour avoir la paix. Il a donc porté plainte et la fille s'est retrouvée en prison. Il faudrait que vous me donniez aussi votre ancienne adresse à Paris.

— Très volontiers.

Quand j'eus fini de noter tous les renseignements, je repris :

— Avant de vous engager définitivement, il faut que nous sortions ensemble un soir. Je jouerai le rôle du client afin de voir comment vous vous en tirez...

Elle se mit à rire.

— Quand vous voudrez.

Elle était encore plus belle, plus fascinante lorsqu'elle riait. Je m'entendis demander :

— Ce soir ?

Elle acquiesça aussitôt.

— Ce soir, c'est parfait.

— Je passerai vous prendre à huit heures chez vous... Ah !... j'allais oublier, il me faudra aussi des photographies de vous. Trois ou quatre suffiront : un gros plan du visage, une en tenue de ville et une autre en robe de cocktail. Surtout pas de maillot.

— Je vous apporterai ça, dit-elle en se levant.

Je me levai aussi.

— Les clients ont toujours peur de se retrouver avec un épouvantail, expliquai-je.

Elle rit de nouveau et son rire me faisait un drôle d'effet en dessous de la ceinture. Si j'avais eu pour deux sous de bon sens…

6

Quinze jours plus tard

Mon nom est Hubert Bonisseur de la Bath, également connu sous le matricule OSS 117. J'étais arrivé de Washington huit jours plus tôt, ayant pour instructions de prendre contact immédiatement avec l'inspecteur Colin P. Arbuckle, du MI5.

George Seymour, notre attaché naval à Londres, m'avait lui-même présenté à Colin Arbuckle. Tous deux m'avaient expliqué l'affaire, depuis son origine jusqu'à ce jour-là. Le contre-espionnage britannique avait pu se procurer les empreintes digitales des époux Butler et de Harold T. Ellis. Ces empreintes avaient été envoyées à Interpol, à la Sûreté canadienne et au FBI. Chacun des suspects se trouvait étroitement surveillé et un agent féminin du MI5, une certaine Linda, avait réussi à se faire embaucher au Piccadilly Social Appointments. Les choses en étaient là. Colin P. Arbuckle était un Britannique pur sang, avec chapeau melon et parapluie. Il était sûrement intelligent mais sa façon de voir les choses me surprenait. Il entendait ne pas se presser et sa tactique consistait simplement à espérer que les suspects se jetteraient d'eux-mêmes dans les filets tendus.

Lorsque l'on m'avait chargé de cette mission, à Washington, on avait insisté pour me faire comprendre que je devrais me tenir tranquille et renoncer à mes méthodes habituelles. Si cette affaire nous concernait tout de même un peu, les Anglais n'en étaient pas moins chez eux et il fallait respecter leur souci constant de ne jamais s'écarter de la légalité... Ce noble discours m'avait fait doucement rigoler. Je me suis trouvé maintes fois en contact avec des agents britanniques sur des affaires qui les intéressaient aussi et j'ai pu constater que nécessité fait loi, aussi bien pour eux que pour nous. Sans doute répugnent-ils à verser le sang et emploient-ils plus volontiers le poison que le fer... Bref, je me demandais chaque jour pourquoi l'on m'avait envoyé sur ce coup, si Washington tenait tellement à éviter tout incident avec Londres.

J'avais tout de même insisté auprès d'Arbuckle pour que l'on brusquât un peu les choses. J'avais suggéré que l'on fabriquât un faux document, aussi sensationnel que possible et dont la communication devait présenter un caractère d'urgence, et que ce faux document fût lancé dans le circuit aboutissant dans le bureau de Rose Darracott, à Portland. Ainsi, l'on pouvait espérer que la femme prendrait le risque d'établir un contact extraordinaire avec Harold Ellis et que nous pourrions ensuite épingler celui-ci à l'instant où il remettrait le document à Gregory Krichkine.

Arbuckle avait objecté que ce n'était pas utile, qu'il suffisait d'attendre le prochain contact ordinaire, que dans tous les réseaux soviétiques ces contacts ordinaires avaient lieu habituellement tous les mois à la même date... Seymour m'avait soutenu. Nous craignions que la surveillance exercée sur les suspects ne finît par attirer leur attention et nous pensions que le plus tôt nous pourrions les prendre la main dans le sac serait le mieux. Arbuckle avait accepté d'en parler à son directeur.

Ce jour-là, comme chaque jour, je me présentai vers onze heures au bureau d'Arbuckle. Je commençais à en avoir plein le dos de ce rôle d'observateur que l'on me faisait jouer et je sentais arriver au galop le moment où je ne pourrais plus me retenir de ruer dans les brancards.

Arbuckle interrompit pour m'accueillir la lecture du bulletin d'écoutes radiophoniques qui lui était remis chaque jour, comme à tous les autres chefs de service.

— Ça ne va pas très bien au Laos, annonça-t-il.

Ce qui, dans sa bouche, signifiait sûrement que ça allait très mal.

— Je m'en fous, répliquai-je.

Il eut un haut-le-corps et son visage impassible devint rouge.

— Vous... vous avez l'air ennuyé, dit-il doucement. Puis-je vous être utile ?

— J'en ai assez de me tourner les pouces, déclarai-je. Je sens que je vais éclater.

Il prit une cigarette dans une boîte d'argent placée à portée de sa main et l'alluma sans se presser.

— Je voudrais rencontrer Linda Clark, insistai-je, et bavarder avec elle. Je suis certain qu'il y a quelque chose à faire du côté du Piccadilly Social Appointments.

Il me regarda. Chaque fois que je lui avais parlé de rencontrer Linda Clark, il avait manifesté de l'hostilité, ce qui se traduisait chez lui par un durcissement à peine perceptible du regard. À force de l'observer, je commençais à le connaître et à pouvoir traduire un battement de cils ou un frémissement de narines.

— Votre suggestion de fabriquer un faux document a été acceptée en haut lieu, dit-il soudain.

— J'en suis très heureux. Il faudrait maintenant que la fabrication ne demande pas quinze jours.

Il rougit de nouveau et ne répondit pas.

— Puis-je savoir de quelle nature est ce document ?

— Il vous sera communiqué dans deux ou trois jours, lorsqu'il sera prêt. Je crois que cela concerne un essai de détection sous-marine qui sera fait au large la semaine prochaine.

— Parfait, assurai-je. Maintenant, Linda Clark.

Son regard s'assombrit.

— C'est votre petite amie ? questionnai-je. Vous avez peur que je vous la vole ?

Il toussota, tira une bouffée de sa cigarette et dit :

— Nous avons reçu des renseignements du FBI concernant les empreintes digitales que nous leur avons communiquées. C'est intéressant.

Il voulait sûrement dire que c'était sensationnel.

— Les époux Butler sont connus aux États-Unis, enchaîna-t-il, sous le nom de Thomas et Jane Bloom. Lui est né à New York, elle est d'origine polonaise. Le FBI les recherche depuis la découverte du réseau du colonel Abel. Ils en faisaient partie et ils ont disparu à ce moment-là…

Il secoua sa cigarette sur une coupe de cristal.

— Pour Ellis, reprit-il, c'est plus compliqué… En 1924, à Honfleur, près de Québec, est né un enfant qui fut enregistré sous le nom de Harold Thomas Ellis, fils d'un Canadien et d'une Lituanienne. Quelques années plus tard, la mère quitta le domicile conjugal, emportant l'enfant, et retourna dans son pays natal qui fut ensuite envahi et absorbé par la Russie soviétique. En 1953, un homme se présenta à la marine d'Honfleur, déclarant être Harold Thomas Ellis, et demanda un certificat de naissance, puis un passeport. Il y eut une enquête. On soupçonnait les Russes d'avoir envoyé un de leurs agents prendre l'identité d'Ellis, alors que celui-ci se trouvait encore en Lituanie. Faute de preuve, l'affaire fut classée. L'homme travailla un temps à Québec, puis à Montréal. Après quoi il vint à Londres…

— Il y a beaucoup de chances, dis-je, pour que les soupçons des Canadiens aient été fondés.

— Je le pense aussi.

Il repoussa son siège et se leva.

— Maintenant, déclara-t-il, je vous emmène voir Mlle Clark.

— Pas possible ! m'exclamai-je.

À son air constipé, je devinai sans peine qu'il ne faisait qu'obéir à un ordre venu d'en haut et que s'il n'avait tenu qu'à lui…

Nous quittâmes le bureau et montâmes dans une voiture du service conduite par un chauffeur dont les épaisses moustaches en guidon de bicyclette firent mon admiration pendant tout le trajet. Cet homme remarquable nous déposa à l'entrée de Cranbourn Street, du côté de Lancaster Square. Arbuckle et moi fîmes ensuite le tour du square pour gagner Panton Street.

Arbuckle ne parlait pas, mais un véritable Anglais ne se croit pas obligé de soutenir une conversation lorsqu'il se trouve en compagnie, et cela me convenait parfaitement. Il marchait avec élégance, usant de son parapluie comme d'une canne, son chapeau melon légèrement incliné sur l'œil.

— C'est ici, indiqua-t-il soudain.

Nous venions de passer devant une boîte de strip-tease et il n'avait pas eu un regard pour les étonnantes photos de nus affichées dans les vitrines.

Il n'y avait pas d'ascenseur. Nous montâmes quatre étages. Arbuckle s'arrêta devant une porte ornée d'une plaque de cuivre avec une inscription gravée : « *William J. Johnson – Imprésario.* » Il sortit une clé de sa poche et ouvrit.

— Entrez.

Je passai devant lui. Il referma la porte. Nous étions dans un vestibule dont les murs étaient couverts d'affiches de spectacles de variétés.

— Par ici. Excusez-moi…

Il reprit les devants et me précéda dans une pièce sommairement meublée d'une table et de fauteuils, qui devait être un salon d'attente. Une porte était ouverte de l'autre côté sur un bureau aussi simplement installé. Nous la franchîmes. Le mur du fond était occupé entièrement par des placards munis de portes à glissières. Les autres supportaient des affiches, encore, et des photographies d'artistes des deux sexes. Un rideau de voile épais, tiré devant la fenêtre, tamisait la lumière. Il n'y avait pas de poussière sur les meubles.

Arbuckle posa son parapluie dans un coin, son chapeau et son imperméable sur une chaise, puis décrocha le téléphone installé sur la table de travail et forma un numéro.

J'entendis une voix de femme dire allô.

— Colin à l'appareil, précisa l'Anglais. Pouvons-nous passer vous voir ?

La femme répondit quelque chose que je ne compris pas.

— All right, dit Arbuckle.

Il raccrocha, consulta sa montre, puis me conseilla d'ôter mon imperméable. Après quoi, il s'assit au bureau et alluma une cigarette.

— Puis-je savoir ce qui se passe ? demandai-je.

— Certainement. Mlle Clark ne sera prête que dans dix minutes.

Ce type commençait à m'agacer et s'il avait pu lire dans mes pensées peut-être serait-il enfin sorti de son impassibilité. J'étais de plus en plus décidé à déclencher la bagarre, sans plus m'occuper du MI5, sans plus me soucier de ne pas créer d'incidents. Arbuckle attendait sous le cocotier que ses noix veuillent bien tomber dans ses mains ; moi, j'allais secouer le cocotier.

Il restait immobile, à fumer, et donnait l'impression de ne penser à rien. Je fis quelques pas et soulevai son parapluie pour l'examiner. La tige centrale était d'une épaisseur anormale et j'en fus intrigué.

— J'ai rarement vu un parapluie aussi solide, dis-je. Vous devez pouvoir vous appuyer dessus.

Il tourna la tête pour me regarder et je crus voir pour la première fois une lueur de malice dans ses yeux clairs.

— En toutes circonstances, répliqua-t-il. Donnez...

Il tendait le bras. Je lui donnai l'objet. Il dévissa l'embout, puis la poignée... J'avais déjà compris.

— Une carabine...

— Il existait des cannes-fusils, enchaîna-t-il, pourquoi pas des parapluies-fusils ?... En tout cas, le parapluie-fusil est mieux adapté à notre pays... Calibre .22, se charge comme ça, vous revissez, vous sortez cette languette qui devient gâchette et voilà...

Il me laissa de nouveau examiner son arme, puis remit l'embout et me demanda de replacer le parapluie où je l'avais pris. Je consultai ma montre.

— Mlle Clark habite loin ? questionnai-je.

— On ne peut plus près.

Je me mis à regarder les photographies d'artistes épinglées aux murs. C'étaient tous d'illustres inconnus, peut-être même n'avaient-ils jamais existé. Cet appartement était un leurre, utilisé par le MI5 uniquement pour les besoins du service. Chaque service secret dispose ainsi de points de chute qui sont autant de décors pour des comédies qui se terminent souvent en tragédies.

— Êtes-vous armé ? s'enquit Arbuckle.

— Non, répondis-je, cela déforme les poches.

— Vous avez raison, et ainsi on ne risque pas de tuer quelqu'un bêtement.

— Ben voyons ! Je suppose que vous, en Grande-Bretagne, respectez cette consigne ?

Il comprit que je me foutais de lui et rougit lentement. Cela commençait à m'amuser et j'étais bien près de le faire exprès. Il consulta son chronomètre et se leva.

— Allons-y, décida-t-il.

Je fis un pas vers la porte, mais il avait pivoté sur lui-même et faisait déjà glisser une porte du placard, découvrant des rayonnages surchargés de revues consacrées au cinéma et au music-hall. Il attrapa une planche et tira vers lui. Tout le bloc se déplaça sans bruit, sur des roulettes invisibles et sûrement bien graissées. Il poussa le bloc de côté et s'engagea dans la cavité ainsi formée. Le panneau du fond glissa et j'aperçus des fauteuils rouge et noir sur une moquette grise.

— Venez, dit Arbuckle.

Nous passâmes de l'autre côté et je fus immédiatement frappé par l'étonnante beauté d'une jeune femme rousse qui nous attendait le sourire aux lèvres…

— Bonjour, Linda, dit Arbuckle. Permettez-moi de vous présenter le colonel Hubert Bonisseur de la Bath, un collègue américain.

Il y avait toujours dans sa voix une certaine intonation méprisante lorsqu'il prononçait le mot « américain », mais je n'y prêtais cette fois aucune attention, j'étais bien trop occupé.

— Comment allez-vous ? demanda la jeune femme en m'examinant.

— C'est un grand plaisir de vous connaître, dis-je doucement.

Elle était grande, vêtue d'une robe de soie grège plissée qui moulait ses formes sculpturales. Mon regard ébloui descendit en chute libre jusqu'aux pieds, remonta sur les mollets bien galbés, sur les longues cuisses rondes, sur les hanches épanouies, fit une pause sur la taille mince, escalada lentement les dômes superbes des seins…

Les épaules, le cou long et souple et le visage… La bouche pleine, sensuelle, les yeux fascinants, l'opulente chevelure rousse qui tombait en vagues sur les épaules… Beaucoup de classe, une allure folle, une désinvolture innée.

— Vous aviez raison, dis-je à l'intention d'Arbuckle. Vous n'auriez jamais dû me la montrer.

Il grogna quelque chose d'incompréhensible. Linda Clark souriait toujours.

— Que voulez-vous dire ? demanda-t-elle.

— Cela fait huit jours que j'insiste pour vous connaître, répliquai-je, et notre ami ne voulait rien savoir. Il est parfaitement excusable d'être jaloux…

Elle éclata de rire et son rire me fit courir un frisson le long de la colonne vertébrale.

— Ridicule ! gronda l'Anglais.

Je lui lançai un bref coup d'œil. Il était écarlate et je crus qu'il allait éclater. La jeune femme nous fit asseoir, puis nous offrit à boire. Quand le whisky fut dans les verres, nous passâmes aux choses sérieuses, bien qu'il me parût totalement impossible de parler sérieusement en présence de cette créature de rêve qui nous faisait face.

Elle remit à Colin Arbuckle un moulage des clés que Harold T. Ellis transportait habituellement sur lui.

— Celle-ci ouvre la porte du bureau de Wardour Street, expliqua-t-elle. Les deux autres sont probablement celles de son appartement...

Arbuckle prit les moulages avec précaution et les regarda de près. La jeune femme continua :

— Il m'a encore invitée à dîner hier soir. Il m'a dit qu'il était amoureux de moi et qu'il en rêvait la nuit...

— Pas possible ! s'exclama Colin Arbuckle.

J'intervins avec indignation.

— Je dirais plutôt, moi, que c'était inévitable.

Elle me remercia d'un battement de cils et coula un regard contrit vers son chef, toujours furieux.

— Que dois-je faire, maintenant ?

Colin Arbuckle respira profondément et dit d'une voix tremblante :

— Je vous le ferai savoir en temps utile.

Il se leva brusquement et ajouta d'un ton sans réplique :

— Nous partons.

— Déjà ? dit poliment la jeune femme.

— Personnellement, je ne suis pas pressé, assurai-je. Je me levai néanmoins.

— Bonsoir, Linda, dit Arbuckle.

Je pris la main de la jeune femme qui s'était approchée et la levai en la retournant, paume en l'air, afin d'y pouvoir poser mes lèvres. Je la sentis frissonner. Elle retira sa main, un peu vite, et se glissa derrière moi vers le placard dont la cloison mobile était restée ouverte.

— Appelez-moi à trois heures, dit sèchement Arbuckle, dont la nuque était cramoisie.

Je passai le premier devant elle, sans pouvoir accrocher son regard. Arbuckle me suivit et remit tout en place. Il enfila ensuite son imperméable, se coiffa de son melon, s'empara de son parapluie.

— Allons !

Mon trench-coat sur le bras, je me dirigeai vers la sortie. Dans l'escalier, je ne pus m'empêcher de remarquer :

— Elle est très belle.

Il répliqua aigrement :

— Autant vous prévenir tout de suite que vous perdez votre temps. C'est une personne sérieuse.

— Je n'en doute pas, affirmai-je d'un ton pénétré.

Très jésuite sur les bords.

Le chauffeur moustachu attendait au coin du square. Il avait rangé la voiture un peu plus haut. Arbuckle me demanda s'il pouvait me déposer quelque part.

— Non, merci, dis-je. Un peu de marche me fera le plus grand bien.

— Comme vous voudrez.

— Puis-je vous demander ce que vous avez l'intention de faire avec les clés de M. Ellis ? questionnai-je.

— Je n'en sais rien encore. Nous en reparlerons demain matin si vous le voulez bien.

— Certainement. Bonne journée.

Il ne répondit pas à mon sourire et s'éloigna en compagnie du chauffeur. Je remontai en direction de Coventry Street, entrai chez un fleuriste et commandai deux douzaines de roses rouges à faire livrer chez Mlle Linda Clark. J'avais regardé en sortant le numéro de l'immeuble voisin, où elle habitait, car à Londres deux maisons côte à côte ne portent pas forcément des numéros qui se suivent.

Je pris ensuite Wardour Street, qui commençait à deux pas, et marchai jusqu'au Piccadilly Social Appointments, non sans m'être assuré que personne ne me suivait, car je croyais Arbuckle parfaitement capable de me faire surveiller.

Harold T. Ellis mit un certain temps à répondre à mon coup de sonnette.

— Excusez-moi, dit-il en ouvrant la porte, j'étais en train de déjeuner. Que puis-je faire pour vous ?... Entrez donc.

Il referma la porte et me conduisit dans son bureau. Je vis près du téléphone un sandwich à demi mangé et un verre plein de café chaud à côté d'une bouteille Thermos mal rebouchée.

— Je suis navré d'interrompre votre repas, dis-je.

— C'est sans importance. Asseyez-vous... Attendez.

Il me débarrassa de mon imperméable et le porta dans la salle d'attente. Il revint, tout sourire, en se frottant les mains.

— Que puis-je faire pour vous, monsieur... ?

J'avais lié connaissance, la veille au Westbury, avec un Américain nommé Robert Renfield, qui devait repartir le lendemain.

— Robert Renfield, assurai-je.

— Américain ?

— Oui, avouai-je. Cela s'entend ?

Ellis était débordant de gentillesse et de cordialité.

— Je suis canadien, dit-il. Que puis-je faire pour vous ?

— J'ai vu votre publicité dans *This Week in London*, commençai-je. J'ai trouvé ça intéressant... Bref, je voudrais faire le tour des boîtes de nuit, mais... seul, ce n'est pas drôle et, d'un autre côté, je suis allergique aux entraîneuses.

— Je vois, assura-t-il. Vous voudriez une partenaire pour vous accompagner.

— Exact. Une fille bien élevée, qui sache boire sans se saouler et qui ait un peu de conversation. Enfin, quelqu'un d'agréable.

— Je vois, reprit-il. Je peux sûrement vous être utile, mais…

Il me considéra d'un œil soupçonneux et je crus bon d'accentuer encore d'un souffle d'air l'air angélique que j'avais adopté avant même d'appuyer sur le bouton de la sonnette.

— Mais ?

— Il faut que je vous prévienne tout de suite, afin d'éviter tout malentendu, il ne s'agit pas de call-girls… Vous devrez respecter la personne.

Je fis semblant d'être offusqué.

— Cette idée ne m'a jamais effleuré.

Il parut soulagé d'un grand poids.

— Alors, c'est parfait… Maintenant, vous allez me pardonner, mais pour vous trouver la partenaire idéale, je suis obligé de vous poser quelques questions… D'abord à quel hôtel êtes-vous ?

— Au Westbury.

Il hocha la tête approbativement. Sans avoir le standing du Savoy, le Westbury n'était pas si mal. Une chambre à un lit, avec salle de bains, y coûte tout de même cinq livres et cinq shillings.

— C'est un hôtel américain, dit-il, je connais. Et quelle est votre profession, monsieur Renfield ?

— Industriel… Je fabrique des appareils de contrôle électronique.

— Oh ! fit-il. Très intéressant.

— En effet, c'est l'avenir.

— C'est passionnant. Avec ces fusées…

— Je ne travaille pas pour les fusées, repris-je, mais beaucoup pour l'aviation et un peu pour la marine.

Il était détendu, ouvert, souriant, cordial. On avait envie de lui faire des confidences.

— Vous êtes en voyage d'affaires ?

J'avais peur d'y aller un peu fort, mais la plupart des étrangers admettent comme un fait acquis qu'on ne fait rien de plus naïf sur terre qu'un citoyen des USA. Je souris, très content de moi.

— Je vais après-demain à Holy Loch, on installe là-bas une base de ravitaillement pour nos sous-marins atomiques ; vous avez dû voir ça dans les journaux.

— Sûr ! s'exclama-t-il, on en a beaucoup parlé…

Il m'offrit une cigarette que je refusai.

— Je ne fume pas, merci.

— Quels sont vos goûts ? enchaîna-t-il. Vous aimez la peinture, la musique, la littérature ?

— Un peu tout, affirmai-je. Je suis d'un naturel curieux.

— Je vois, je vois…

C'était un homme qui voyait beaucoup. Il pinça les lèvres, se renversa sur le dossier de son fauteuil et fronça les sourcils. Je crus bon de respecter sa méditation. Subitement, il fit pivoter son siège, s'empara d'un fichier en bois sur un classeur derrière lui et revint en position avec la boîte qu'il ouvrit.

— Voyons, voyons…

Il se mit à compulser des fiches. Arbuckle avait-il pensé à se procurer un double de ce fichier ?

— Je vois.

Cette fois, cela semblait définitif. Il referma la boîte, repivota sur son siège, remit la boîte en place, ouvrit un tiroir du classeur, en sortit un dossier, revint vers moi.

— C'est exactement ce qu'il vous faut... Une jeune femme très distinguée, beaucoup de classe, très intelligente et capable de discuter avec bonheur sur tous les sujets...

— C'est merveilleux.

Il prit des photos dans le dossier et se leva pour me les apporter.

— Elle s'appelle Louise Maclay, reprit-il. C'est une fille très bien.

Je m'y attendais et cela ne fut pas une surprise. La première photo était en couleur et représentait la jeune femme en robe de soirée, les épaules nues, dans une pose très romantique, le visage adroitement noyé dans un flou très artistique.

— Elle est rousse, constatai-je.

— Vous n'aimez pas les rousses ? s'inquiéta-t-il.

— Je les adore.

Il soupira de soulagement.

— En tout cas, ajouta-t-il, je peux vous assurer que celle-là ne sent pas.

— Je vous crois.

Je regardai rapidement les autres photographies, qui ne m'apprirent rien de plus.

— C'est parfait, dis-je. Elle n'est ni belle ni laide, comme ça pas de complexes.

— Elle a beaucoup de charme.

Je lui rendis les photos. Il alla reprendre sa place.

— C'est pour ce soir ?

— Si possible, oui.

— Je vais lui téléphoner.

Il décrocha le téléphone, forma un numéro, attendit quelques secondes en me regardant puis m'adressa un clin d'œil.

— Allô, Louise ?... Harold... J'ai dans mon bureau M. Robert Renfield, un industriel américain de passage à Londres qui habite pour l'instant au Westbury. M. Renfield serait heureux que vous puissiez sortir avec lui ce soir... Pour dîner...

Il me consulta du regard. Je fis oui d'un signe de tête.

— ... Pour dîner, bien entendu, et aller ensuite dans les cabarets... C'est ça... Écoutez, Louise, libérez-vous... oui... C'est d'accord ?... Oui, ce soir à huit heures...

Nouvelle consultation du regard, nouveau signe affirmatif de ma part.

— Huit heures, c'est d'accord. Il passera vous prendre... À bientôt, Louise, merci.

Il raccrocha, visiblement ravi.

— Elle devait sortir avec des amis, expliqua-t-il, mais elle va se décommander pour vous.

— C'est très aimable.

— Oh ! j'allais oublier... Les honoraires... Trois guinées pour la maison et trois guinées pour la jeune femme. Vous me donnez trois guinées maintenant et vous donnerez trois autres guinées à la jeune femme en la raccompagnant chez elle... Vous pouvez lui donner plus, évidemment, si vous êtes content de ses services.

Je sortis de mon portefeuille un billet de cinq livres et les posai sur le bureau. Il me rendit la monnaie.

— Je vais vous donner l'adresse. Vous prendrez un taxi et vous le ferez attendre afin qu'elle ne soit pas obligée de marcher jusqu'à ce que vous en trouviez un autre...

— D'accord, intervins-je, et je ferai aussi attention de ne pas lui marcher sur les pieds et de ne pas me moucher dans son jupon…

Il se figea, puis me regarda, l'air vraiment peiné.

— Je suis navré, monsieur Renfield. Je n'avais pas l'intention…

— N'en parlons plus.

Il soupira, puis écrivit l'adresse de Louise Maclay sur une carte de visite de sa société, avec l'heure et la date.

— Voilà, monsieur Renfield. Mon nom est Ellis, Harold Ellis. S'il y avait quoi que ce soit, n'hésitez pas à me téléphoner.

Je pris la carte et la mis dans ma poche en me levant. Il me reconduisit jusque sur le palier.

— J'espère que vous serez content, monsieur Renfield.

— Je l'espère aussi, dis-je.

Sincèrement.

7

Suite du récit de Colin P. Arbuckle.

Il allait être trois heures et j'étais encore furieux contre mon collègue américain. Ces gens-là n'ont véritablement aucun savoir-vivre et ils croient tous qu'il leur suffit de siffler entre leurs doigts pour faire se coucher nos femmes. Et celui-là, pour tout arranger, avait des ancêtres français !

Je m'étais fait apporter le dossier de Rose Darracott. J'avais demandé au Yard une enquête minutieuse sur cette femme et nous venions de recevoir le rapport. Le téléphone sonna. C'était Victoria, mon épouse.

— À quelle heure rentrez-vous ce soir ? me demanda-t-elle.

Ce n'était pas le moment de me poser ce genre de question. Dans mon métier, il n'y a pas d'heure, et Victoria le savait bien, depuis onze ans que nous étions mariés.

— Pourquoi ?

— Les Hobson doivent passer chez nous vers six heures. Ils seraient si heureux de vous voir…

Je n'aimais pas les Hobson et elle ne l'ignorait pas.

— Je ne peux rien promettre, répliquai-je. Vous savez que j'ai beaucoup de travail en ce moment, je vous l'ai déjà dit.

— Je vous dérange ?

— Oui, excusez-moi.

— Je suis navrée, dit-elle.

Je raccrochai plutôt sèchement et m'en voulus aussitôt. Ce que je venais de faire n'était pas digne d'un gentleman. Je rappelai la maison, mais la bonne me répondit que ma femme était sortie. Sans doute m'avait-elle appelé d'une quelconque cabine publique et il m'était impossible maintenant de la joindre. Cela ne fit qu'ajouter au malaise qui me possédait déjà. Et je ne pouvais m'empêcher de penser à la façon dont mon collègue américain avait baisé le creux de la main de Linda. Je ne pouvais pas comprendre comment Linda avait pu supporter cela. Une femme honnête aurait dû le gifler ; oui, le gifler.

Je repris l'étude du dossier Darracott, mais le téléphone sonna de nouveau. Le secrétaire du superintendant m'informait que celui-ci désirait me voir dans une demi-heure.

Je raccrochai, consultai ma montre et retournai au dossier Darracott. Le téléphone sonna une fois de plus. Je sentis le sang me monter à la tête.

— Allô ! aboyai-je dans le micro.

— Allô, Colin ?

C'était Linda. Je lui avais demandé de m'appeler à trois heures…

— Oui, dis-je d'une voix étranglée.

— Qu'est-ce qui vous arrive ?

Je toussotai deux ou trois fois.

— Rien, dis-je, un chat dans la gorge.

— Harold vient de m'appeler, enchaîna-t-elle. Nous sortons ensemble ce soir...

Elle rit légèrement et ajouta :

— Je crois qu'il est bien accroché.

— Vous dînez ensemble ?

— Oui... Nous devons aller voir le mime Marceau, au Saville Theatre, et nous irons sûrement souper ensuite dans un cabaret.

— À quelle heure êtes-vous rentrés, les autres fois ?

— Deux heures, deux heures et demie.

— Amusez-vous bien.

— Avez-vous quelque chose de spécial à me dire ?

— Rien... Si, méfiez-vous de cet Américain que je vous ai présenté ce matin.

— Pourquoi ?... Je pensais que si vous me l'aviez présenté, justement, c'était quelqu'un de sûr... Non ?

— Ce n'est pas de cela que je veux parler, repris-je avec un certain embarras.

Je crus l'entendre rire en sourdine.

— Je vois, dit-elle. Vous avez peur que je ne succombe à son charme...

Je ne trouvai rien à dire, mais mon silence avait la valeur d'un acquiescement.

— Vous avez d'ailleurs parfaitement raison, enchaîna-t-elle, c'est sans doute un homme très dangereux pour une femme... Il m'a envoyé des fleurs, des douzaines de roses rouges absolument superbes...

Je faillis m'étrangler.

— Qu'est-ce que je vous disais ? balbutiai-je.

— Vous êtes merveilleux, Colin, assura-t-elle. Je ne pense pas qu'il existe un autre fonctionnaire de Sa Majesté qui prenne autant... à cœur la protection de ses subordonnés contre les dangers de la vie courante.

J'eus l'impression qu'elle se moquait de moi et cela me fit mal.

— C'est uniquement une question de sécurité pour le service, ripostai-je.

— J'en suis tout à fait certaine, Colin.

Il y avait sûrement un soupçon d'ironie dans sa belle voix chaude. Pensait-elle que j'étais jaloux ?

— Bonsoir, dis-je sèchement, je vous appellerai demain matin.

— Bonsoir, Colin.

Je raccrochai, bouleversé. Je venais de comprendre, enfin, que j'étais amoureux de la trop belle Linda, amoureux et jaloux, terriblement jaloux. Quelle catastrophe !

J'allai aux lavabos me passer de l'eau froide sur la figure, puis je revins étudier le dossier Darracott. Le fascinant visage de Linda m'obsédait. Je le voyais partout, en surimpression, sur tout ce que je regardais. Je découvris tout de même en lisant le rapport de Scotland Yard que Rose Darracott et moi étions vaguement parents. Sa mère, une Bayless, avait épousé en secondes noces un certain Jerome Shacklock. Ma propre mère, toujours vivante grâce à Dieu, était une Shacklock et ce Jerome, autant que je pouvais le savoir, était son cousin au second degré.

Décidément, la journée ne m'était pas favorable. J'imaginais déjà la peine de ma pauvre mère si le nom des Shacklock était prononcé dans une affaire d'espionnage. Elle était cardiaque et cela pouvait lui porter un coup fatal.

J'étais persuadé depuis le début que Rose Darracott ignorait fournir des renseignements aux Russes. C'était sûrement une inconsciente, qui ne voyait aucun mal à communiquer certaines informations à nos alliés américains. La façon dont elle s'était candidement confiée à d'anciens agents de l'OSS qu'elle ne connaissait même pas le prouvait assez…

Le procédé consistant à faire passer entre les mains de Rose Darracott un faux document de caractère urgent afin de presser le mouvement ne m'avait jamais plu, peut-être parce que cette idée était du colonel de la Bath. Il m'agaçait et j'étais assez enclin à le contrer sur tout…

Je réfléchissais. Le fait que Rose Darracott fût alliée aux Shacklock m'apparaissait de plus en plus comme un brevet de loyauté. Si j'informais cette femme de la véritable personnalité de celui qu'elle prenait pour un attaché naval américain, elle accepterait sans aucun doute de faire ce que je lui commanderais de faire pour démasquer et confondre les espions qui la manipulaient. Lorsque le procès viendrait, elle serait alors à l'honneur du côté des témoins à charge, au lieu de se trouver sur le banc d'infamie…

Cette idée me séduisait de plus en plus. D'ailleurs, rien ne m'empêchait d'utiliser le faux document qui devait m'être remis dans l'après-midi. J'informerais seulement Rose Darracott… Oui, c'était une excellente idée. Ainsi, nous serions sûrs que Rose Darracott agirait immédiatement, puisque je lui en donnerais l'ordre. Car, en fait, nous ne pouvions pas être absolument certains, dans l'autre cas, qu'elle aurait fait le nécessaire pour une transmission immédiate.

J'allais décrocher le téléphone pour demander les heures des trains à destination de Plymouth lorsque la sonnerie me fit sursauter.

Le secrétaire du superintendant me rappelait que celui-ci m'attendait dans son bureau. Je raccrochai et quittai aussitôt la pièce. Il ne fallait pas que j'oublie avant de partir de mettre au point une visite domiciliaire chez Harold T. Ellis. Nous avions les clés de son appartement et il serait occupé toute la soirée avec Linda. J'allais mettre sur le coup mon meilleur spécialiste, un homme qui ne laissait jamais de traces derrière lui…

J'étais regonflé. Je reprenais l'initiative. Ce Bonisseur de la Bath ne pourrait plus me reprocher de rester dans l'expectative. Et surtout, cela me permettrait de reprendre l'avantage aux yeux de Linda.

8

Suite du récit d'Hubert Bonisseur de la Bath,
alias *OSS 117.*

Il allait être sept heures et demie. J'étais propre, rasé de frais, vêtu d'alpaga bleu foncé, fin prêt à jouer les jolis cœurs. Je décrochai le téléphone et demandai à la standardiste de me donner le numéro de Linda Clark.

— Bonsoir, dis-je dès que j'eus entendu sa jolie voix…

— Qui est à l'appareil ?

— Hubert Bonisseur de la Bath. Nous nous sommes vus ce matin, avec Colin.

— Oh ! Parfaitement… Écoutez, vous n'auriez pas dû m'envoyer ces jolies fleurs, il n'y avait aucune raison.

— Le cœur a ses raisons que la raison ne connaît pas, répliquai-je doucement. Je devais le faire, personne n'aurait pu m'en empêcher.

— Merci, dit-elle vivement. Vous êtes très gentil.

— Je ne suis pas gentil, j'ai simplement reçu un coup de foudre.

Elle essaya de rendre sa voix sévère.

— Parlez sérieusement, voulez-vous. Sinon, je raccroche.

— Ne le faites pas, protestai-je. Imaginez que vous me tenez suspendu au-dessus d'un précipice par ce simple fil qui nous relie ; si vous le coupez, je me tue.

— Arrêtez, supplia-t-elle, je me rends.

— Corps et âme ?

Il y eut un silence, puis elle raccrocha. J'avais été trop vite et trop loin. J'attendis quelques minutes avant de rappeler, afin qu'elle ne pût être certaine qu'il s'agissait de moi.

— Excusez-moi pour tout à l'heure, dis-je précipitamment. Je suis sérieux maintenant… Quand revoyez-vous notre ami Harold ?

— Ce soir. Il vient me chercher à huit heures.

— Quel programme ?

— Le mime Marceau, puis souper dans un night-club.

— Lequel ?

— Je ne sais pas.

— Pouvez-vous vous arranger pour l'amener au Cabaret ?

— Certainement, cela ne doit pas être très difficile.

— Je compte sur vous ?

— Bien sûr. Colin est au courant ?

— Oui.

— Il vient de m'appeler. Il part ce soir pour Plymouth et sera absent demain toute la journée.

— Je le savais, mentis-je. Eh bien, bonsoir, amusez-vous bien.

— Un instant… Y a-t-il des consignes spéciales pour le Cabaret ?

— Rien de spécial. Soyez simplement très gentille avec Harold, un peu comme si vous étiez amoureuse de lui, sans trop forcer la note tout de même…

— Je vois.

— Je vous rappellerai demain, nous pourrions peut-être déjeuner ensemble ?

— Je ne crois pas.

— Nous en reparlerons demain matin. Bonne nuit, mon cœur.

Le « mon cœur » dut lui couper le souffle car je raccrochai sans avoir entendu de réponse. Il était huit heures moins vingt. Je pris mon imperméable sur le bras et quittai ma chambre. Dans l'ascenseur, le liftier me demanda comment j'allais aujourd'hui. Je lui répondis un peu mieux qu'hier et moins bien que demain.

— Vous êtes un optimiste, apprécia-t-il.

J'achetai un journal à la librairie. Le portier m'appela un taxi, un de ces étonnants taxis londoniens si confortables.

— Drayton Gardens, lançai-je.

Je me sentais bien. Le fait que Colin Arbuckle fût parti pour Plymouth sans me prévenir ne me contrariait pas. Je pensais qu'il allait là-bas pour étudier le moyen d'introduire le faux document dans le circuit aboutissant sur le bureau de Rose Darracott et, dès l'instant que je passais moi-même à l'action, cela me plaisait de le savoir loin de Londres. Lorsqu'il rentrerait, la machine serait lancée et personne ne pourrait plus l'arrêter.

Le temps de lire mon journal et nous fûmes dans South Kensington. J'étais à l'heure. Louise Maclay habitait au sous-sol d'une vieille maison de brique, assez jolie, et reproduite en cinquante exemplaires dans la rue, une rue tranquille en dehors des grands courants de circulation.

— Attendez une minute, dis-je au chauffeur, je prends quelqu'un et nous repartons tout de suite.

Un escalier protégé par une grille descendait directement du trottoir jusqu'à la porte de l'appartement. Je sonnai. Quelques secondes s'écoulèrent. Je voyais le halo lumineux d'une lampe sur pied à travers les voilages qui masquaient la fenêtre. La porte s'ouvrit.

Louise Maclay était grande et pas très jolie, malgré ses longs cheveux roux cendré et ses beaux yeux noisette. Mais elle avait du chic et de la personnalité. Aussi un corps admirablement proportionné et des jambes remarquables.

— Robert Renfield, dis-je. Vous êtes Louise Maclay ?

Elle acquiesça d'un signe de tête et me pria d'entrer.

— J'ai fait attendre le taxi, annonçai-je.

Elle referma la porte et me sourit.

— Vous êtes très gentil.

Nous étions dans un couloir qui me sembla profond. À droite, une porte était ouverte sur une grande pièce sommairement meublée en studio, avec un lit dans le fond. C'est là qu'elle me dit d'entrer.

— Je suis prête dans une minute, affirma-t-elle.

Elle avait des gestes vifs et une certaine spontanéité qui ne laissait pas de me surprendre. Les femmes qui travaillent pour les services spéciaux soviétiques sont généralement des sortes de dragons complexés et farouches. Celle-ci montrait une décontraction inhabituelle.

Elle disparut par une autre porte qui rejoignait le couloir dans le fond de la pièce. Mon attention fut captée par un agrandissement de la photographie romantique en couleur que m'avait montrée Harold Ellis. C'était mieux que l'original, mais Louise Maclay était tout de même très sortable.

Elle revint deux minutes plus tard, moulée dans un fourreau de velours noir très décolleté et portant sur son bras un manteau blanc de soie sauvage que je l'aidai à enfiler.

— Nous pouvons y aller, dit-elle. Avez-vous un endroit de préférence pour dîner ?

— Je m'en remets complètement à vous, déclarai-je.

— Parfait. J'espère ne pas vous décevoir.

Elle passa devant moi dans le couloir.

— Vous n'éteignez pas ? demandai-je.

— Non, répondit-elle. Mon frère est arrivé hier de Lourdes, et il habite avec moi pour quelques jours.

Nous sortîmes. Elle fit claquer la porte derrière nous, et nous remontâmes sur le trottoir.

— Que faisait votre frère à Lourdes ?

— Il y était en pèlerinage. Il est séminariste.

— Vous êtes catholique ?

— Lui. Moi, je suis agnostique.

Conversation édifiante s'il en fut, mais j'aurais bien parié que le frère n'existait pas. Elle avait dû trouver cela pour se ménager des retours tranquilles et ôter toute envie à ses clients de la raccompagner plus loin que le seuil de son appartement.

— Et vous ? demanda-t-elle.

— Féministe, très pratiquant.

Elle n'eut aucune réaction. Je l'aidai à monter dans le taxi et elle se pencha pour donner au chauffeur une adresse que je ne compris pas. Nous démarrâmes.

— C'est la première fois que vous avez recours aux services du Piccadilly Social Appointments ? s'enquit-elle.

— Oui. Et je trouve ça très pratique. Comment s'appelle votre directeur, déjà ?

— Ellis, Harold Ellis.

— C'est un homme remarquable, je trouve. Absolument remarquable… et qui a une bien jolie femme.

Je la surveillais du coin de l'œil et la vis tressaillir.

— … Une jolie femme ?… Il n'est pas marié.

Je me mis à rire.

— Excusez-moi, ils paraissaient si intimes…

Elle déglutit assez péniblement et reprit d'un ton faussement détaché :

— Comment est-elle ? Je la connais sans doute…

— Une rousse extraordinaire, assez tapageuse… Elle était là quand je suis arrivé et elle est partie presque aussitôt. Je l'ai à peine vue, mais ce n'est pas le genre de femme qui passe inaperçue… Voyons, comment l'a-t-il appelée ?…

Je me caressai le menton, très dubitatif.

— Linda ?

Elle devait avoir la gorge serrée, car je l'entendis à peine.

— Comment avez-vous dit ?

Elle fit un effort pour répéter :

— Linda ?

— C'est ça même, Linda. Ils vont ce soir voir le mime Marceau et dîner ensuite au Cabaret. Vous voyez que je suis bien renseigné.

Je me remis à rire. Mais elle ne riait pas, et elle n'en avait sûrement pas envie, à voir sa tête. J'eus l'impression que mon pétard était bien amorcé et que cela ne tarderait pas à faire des étincelles.

*

Suite du récit de Colin P. Arbuckle.

Je roulais vers Plymouth, avec le faux document dans ma serviette. J'imaginais déjà mon entretien avec Rose Darracott, dans son bureau de la base navale de

Portland, je polissais les phrases qui la convaincraient, je n'en doutais pas.

Je pensais aussi, de temps en temps, à Tony, le meilleur spécialiste du service en perquisitions secrètes, qui devait déjà opérer dans l'appartement de Harold T. Ellis, à Outer Circle. J'espérais beaucoup de cette visite domiciliaire. Les agents soviétiques sont généralement très paperassiers et très conservateurs, et ils méprisent tellement les organismes occidentaux de contre-espionnage qu'ils en viennent à commettre des imprudences étonnantes.

J'avais bien recommandé à Tony de quitter l'appartement au plus tard à minuit, ce qui devait lui assurer une marge de sécurité très suffisante. D'autre part, il ne devait absolument rien emporter, simplement photographier les documents ou les objets intéressants. Je ne voulais pas qu'on pût ensuite nous reprocher une violation de domicile quand le procès viendrait devant un tribunal.

Je pensais enfin au colonel Hubert Bonisseur de la Bath et une joie peu charitable m'envahissait à l'idée qu'il devait se ronger les ongles d'impatience dans l'ignorance de ce qui se passait, et à la tête qu'il ferait lorsqu'il apprendrait le lendemain matin que j'étais parti pour Plymouth... En ce qui concernait Linda, j'étais tranquille puisqu'elle sortait avec Harold. De toute façon, elle était maintenant prévenue contre mon collègue américain et je la voyais difficilement prenant le risque de me déplaire...

Je m'endormis en pensant à elle. J'imaginais l'instant où, réunissant tout mon courage, je lui dirais : « Vous savez, Linda, je n'ai rien contre vous... » En bonne Anglaise, elle saurait comprendre les choses à demi-mot. Elle me répondrait sans doute : « Moi non plus, Colin, je n'ai rien contre vous... » Et tout serait alors consommé...

*

Suite du récit de Louise Maclay.

Ce Robert Renfield était vraiment un homme très séduisant, et j'aurais pu passer une soirée très agréable si mon esprit n'avait été obsédé par la pensée que Harold était en ce moment même avec Linda.

J'aurais dû me méfier. La façon dont il m'avait parlé d'elle, les premiers jours, puis la façon dont il avait brusquement cessé de me parler d'elle... Mais, depuis un certain après-midi à Broadstairs, je croyais que Harold m'aimait et j'avais même pensé que nous pourrions nous marier.

J'avais emmené mon client dîner à La Réserve. C'est un très bon restaurant, très cher, dont j'aime le décor d'une sobriété presque japonaise, ses murs gris souris, l'éclairage aux chandelles et les profondes banquettes garnies de velours.

Quand nous en ressortîmes vers dix heures et demie, il avait plu, mais la température restait douce.

— Marchons un peu, décidai-je, si ça ne vous ennuie pas.

Je pris son bras, et nous partîmes à pied. Jamais je n'avais passé une soirée avec un client aussi agréable. Il ressemblait beaucoup à Cary Grant en plus jeune, et il en possédait toute la séduction et toute l'aimable désinvolture. Toutefois, sous cet aspect aimable, se devinait une puissance contenue un peu effrayante. Bref, cet homme-là avait tout ce qu'il fallait pour plaire aux femmes et j'étais un peu étonnée qu'il se soit adressé au Piccadilly Social Appointments pour meubler sa soirée.

— Avez-vous envie de voir un night-club plutôt qu'un autre ? lui demandai-je.

— Pas du tout, répliqua-t-il. Je vous suis les yeux fermés.

— Cela pourrait être dangereux, vous ne croyez pas ?

— Je n'ai pas peur. Vous me plaisez beaucoup, Louise, je me sens bien avec vous.

Moi aussi, je me sentais bien avec lui. J'avais l'impression de le connaître depuis toujours.

— Comment puis-je vous plaire ? répliquai-je en pensant à Linda Clark. Je ne suis pas jolie.

— Vous êtes beaucoup mieux que ça, répliqua-t-il.

Et il se mit à me parler de la magnificence de mes cheveux longs, de la douceur de mes yeux, de l'étrange séduction de mon visage, de la sensualité de ma bouche, de la perfection de mon corps, de mes jambes « admirables ». Jamais un homme ne m'avait parlé ainsi, surtout de mon visage. Ils prononçaient habituellement les mots d'intelligence, de personnalité. Celui-ci me disait exactement ce que j'avais besoin d'entendre. Je désirais plus que tout être rassurée et il me rassurait. Qu'un homme de sa classe pût me trouver à son goût, et me le dire aussi simplement avec autant de sincérité, me redonnait une confiance en moi que la trahison de Harold m'avait brusquement ôtée.

Un élan de tendresse me porta vers lui. Je mis ma main dans la sienne et me serrai davantage contre lui. L'idée me vint que l'on pouvait ainsi nous prendre pour des amants et, aussitôt, le regret, très fort, que Harold ne pût nous voir…

L'instant d'après, nous marchions vers le Cabaret. Je savais d'ailleurs depuis le début de la soirée qu'il en serait ainsi.

Je montrai à l'entrée ma carte de membre, et donnai le nom de mon invité[1]. La salle était à demi pleine, et le premier show était commencé. Mon compagnon commanda une bouteille de champagne français.

Le spectacle était bon, les girls jolies et bien faites, et il y avait surtout un étonnant prestidigitateur qui n'arrêtait pas de sortir de ses poches de grands verres pleins de bière à ras bord. Le spectacle terminé, Robert Renfield m'invita à danser. Nous étions à peine sur la piste, que j'aperçus Harold en compagnie d'une rousse incendiaire qui ne pouvait être que Linda. Ils étaient installés un peu en retrait. Elle lui tenait la main, il la dévorait des yeux, et il y avait du champagne sur la table. Jamais Harold ne m'avait tenu la main, ni regardé comme ça en public, et jamais il ne m'avait offert du champagne.

Je m'abandonnai dans les bras de mon cavalier, et collai tendrement ma joue contre la sienne. Il dansait bien, et nous nous accordions parfaitement. Chaque fois que cela était possible, je regardais Harold et la fille. Ils ne nous voyaient pas et cela me faisait enrager.

Nous en étions à notre troisième danse lorsqu'ils se levèrent et vinrent vers la piste, sans se lâcher la main. Cela se produisit alors que le contact étroit de nos corps

---

1. À Londres, tous les cabarets sont des clubs réservés aux membres inscrits ayant payé leur cotisation. Chaque membre a le droit d'amener un nombre fixé d'invités. Les étrangers de passage peuvent être admis sans parrains, sur présentation du passeport, et contre paiement de la cotisation, entre une et deux livres sterling selon les établissements.

commençait à produire un certain effet sur mon compagnon, effet qu'il m'était difficile d'ignorer. En d'autres circonstances, je me serais écartée pour marquer mon désaccord, mais Harold venait juste de me découvrir. Le feu aux joues, je fis exactement le contraire ; ma main droite monta vers la nuque de mon danseur, mes doigts se crispèrent, je fermai à demi les yeux…

Ils se rapprochaient. J'espérais que Harold ferait un éclat, qu'il m'entraînerait à l'écart, qu'il me ferait une scène et, pourquoi pas, qu'il me giflerait…

Il ne fit rien de tout cela. Il s'occupait uniquement de sa cavalière. Ils étaient amoureux, cela crevait les yeux. Lorsqu'ils passèrent soudain tout près de nous, il me fut impossible de résister. Mon pied partit tout seul et la pointe de ma chaussure percuta la cheville de ma rivale.

Elle poussa un cri aigu et faillit tomber. Harold la retenait, et me fusillait du regard. J'étais incapable de prononcer un mot et ce fut Robert Renfield qui se confondit en excuses. Très pâle, Harold emmena sa compagne qui boitait. Tout le monde nous regardait.

— Regagnons notre table, dis-je.

Un garçon vint remplir les coupes. Je bus d'un trait.

— Pourquoi avez-vous fait cela ? s'enquit mon compagnon. Vous avez envie de vous faire mettre à la porte ? Votre patron n'était pas content du tout.

— Je ne l'ai pas fait exprès, mentis-je. Mon pied a glissé, j'ai fait un faux pas.

Il ne me croyait pas et je le voyais bien. Je pris mon sac et me levai. Il se leva aussi.

— Je reviens dans une minute, dis-je.

Et je pris la direction des toilettes. L'orchestre jouait toujours, et personne ne faisait plus attention à moi.

9

Suite du récit de Linda Bush, dite Clark.

Je ne comprenais rien à ce qui venait d'arriver. À ce moment-là, je ne connaissais pas encore Louise Maclay, et cette ignorance me laissa penser que la compagne du colonel Hubert Bonisseur de la Bath m'avait frappée sur l'ordre de celui-ci. Je voulais bien admettre que le colonel avait ses raisons, mais cela ne m'empêchait pas d'être furieuse contre lui. Colin me l'avait bien dit : c'était un homme dont il convenait de se méfier. D'ailleurs, son attitude éhontée avec cette femme sur la piste de danse le prouvait assez.

Harold Ellis se conduisit comme un vrai gentleman. Il me soutint jusqu'au vestiaire, me fit enfiler mon manteau et me souleva ensuite dans ses bras, sans souci du qu'en-dira-t-on, pour me porter jusque dans sa voiture garée à proximité.

— Je suis navré de cet incident, dit-il en prenant place au volant.

— Cette fille est folle, répliquai-je. Elle l'a sûrement fait exprès.

Il était furieux.

— S'il en est ainsi, reprit-il, elle le paiera cher.

— Vous la connaissez ?

— Elle travaille pour moi. Elle était avec un client.

Avec un client ? Le colonel s'était donc présenté en client au Piccadilly Social Appointments ? Cela m'ouvrait de nouveaux horizons, mais ne m'expliquait toujours pas pourquoi j'avais reçu ce coup de pied.

— Vous souffrez beaucoup ?

Je me massai doucement la cheville.

— C'est un endroit très sensible...

Mon bas était fichu.

— J'ai un baume excellent pour ce genre de choses, reprit-il. Vous serez soulagée tout de suite...

— Je voudrais bien. Demain, je ne pourrai plus marcher.

— Passons chez moi, je vous reconduirai ensuite.

Voulait-il abuser de la situation ? Il était amoureux et ce n'était sûrement pas sans arrière-pensées qu'il me proposait d'aller chez lui. Mais il me serait facile de refuser de quitter la voiture avec une cheville aussi douloureuse.

— Comme il vous plaira, dis-je.

*

Suite du récit de Harold T. Ellis.

Je mis la Jaguar en route et pris la direction de Piccadilly Circus, pour rejoindre Regent Street. J'étais partagé entre la colère née du comportement de Louise et le fol espoir que me donnait l'acceptation de Linda de m'accompagner chez moi.

Un coup sur la cheville, ce n'est pas une entorse ; cela fait très mal sur l'instant, mais cela ne dure pas. Dans un moment, Linda ne souffrirait plus.

À ma gauche, elle était calée contre la portière et ne bougeait plus. J'avais terriblement envie d'elle, et je refusais de penser aux complications qui m'attendaient, notamment avec Louise ; j'échafaudais toute une stratégie dont l'objectif était tout simplement d'emmener Linda à la verticale, dans mon lit si possible.

La montre du tableau de bord indiquait onze heures trente.

— Cette histoire m'a coupé l'appétit, dit soudain Linda.

Je me souvins alors que nous avions commandé un souper au Cabaret, et que nous étions partis sans plus nous en soucier. Cela n'était pas grave. Ils me connaissaient et j'arrangerais l'affaire le lendemain, par un coup de téléphone.

Nous remontâmes Regent Street, puis Portland Place. Il pleuvait légèrement et je dus faire fonctionner les essuie-glaces. La circulation était à peu près nulle. Nous atteignîmes rapidement Regent's Park et Outer Circle. De loin, je voulus montrer à Linda l'immeuble que j'habitais. J'avais déjà ouvert la bouche et ma main gauche avait quitté le volant, lorsque je m'interrompis. Il y avait de la lumière chez moi, au quatrième étage, une lumière qui passait sur les côtés des doubles rideaux fermés. J'aurais pu, à la rigueur, oublier d'éteindre une lampe ou deux en partant, à sept heures et demie, bien que je fusse certain du contraire, mais les doubles rideaux… ce n'était pas possible. Pour la bonne raison que je ne les avais jamais tirés depuis que j'habitais cet appartement, me contentant de fermer les volets lorsque je rentrais me coucher.

— Que vouliez-vous dire ? demanda Linda.

— Rien, répliquai-je.

Il n'était pas tard, et beaucoup de gens n'étaient pas rentrés, il y avait de la place libre le long du trottoir. Je réfléchissais vite. Quelqu'un avait pénétré chez moi, cela ne faisait aucun doute, et ce n'était sûrement pas un ami. Dans une situation de ce genre, Linda ne pouvait m'être d'aucun secours, bien au contraire…

— Ma cheville va mieux, dit-elle soudain, je crois que je vais pouvoir monter avec vous.

— C'est inutile, répliquai-je sèchement. Attendez-moi ici, je n'en aurai pas pour longtemps.

Elle parut surprise et me répondit aussi sèchement que je lui avais parlé :

— Comme vous voudrez.

Je descendis, refermai doucement la portière, gagnai le trottoir, puis l'entrée de l'immeuble. J'espérais que mon ou mes visiteurs n'avaient pas placé de sentinelles alentour.

Je montai par l'escalier, le bruit de l'ascenseur risquant d'alerter l'adversaire, et me perdis en suppositions sur l'identité de celui-ci. Ce n'était pas la police… Les gens de Scotland Yard sont beaucoup trop respectueux des lois pour s'introduire nuitamment chez des citoyens, même suspects. Cela ne pouvait être qu'un service spécial de contre-espionnage habitué, dans une certaine mesure, à travailler en dehors de la légalité… Donc, pas la *Special Branch*, plutôt le MI5. À moins que ce ne fût tout simplement un cambrioleur. Je n'étais tout de même pas à l'abri de ce genre de mésaventure…

Devant ma porte, je fis une pause. La minuterie s'éteignit et je fus dans l'obscurité. Mon cœur battait plus vite et ma respiration était un peu haletante : l'émotion.

J'avais sorti mes clés. Du pouce de la main gauche, je cherchai le trou de la serrure. Puis j'introduisis très lentement la clé, la tournai encore plus lentement... La serrure n'avait sûrement pas été forcée, et cela signifiait que le visiteur possédait un double de la clé. Une énigme à résoudre.

Je poussai le battant avec mille précautions. Le vestibule était obscur et j'avais donc bien fait d'attendre l'extinction de la minuterie de l'escalier. Je franchis le seuil sans bruit et refermai derrière moi, avec toujours les mêmes précautions.

Il y avait de la lumière dans le salon et aussi dans la chambre, un peu plus loin. Une ombre projetée sur la moquette du couloir m'apprit que l'inconnu était dans cette dernière pièce.

Il se mit soudain à siffloter, ce qui prouvait indiscutablement une grande décontraction. J'avançai silencieusement, en me demandant pourquoi cet homme paraissait si sûr de n'être pas dérangé... Savait-il que j'étais sorti ce soir avec Linda ?... Linda. Linda... Elle était peut-être dans le coup. Non ! ce n'était pas possible. Elle avait accepté de monter avec moi. Si elle avait dû me tenir éloigné, elle m'aurait plutôt emmené chez elle.

J'atteignis la porte entrouverte de la chambre et risquai prudemment un œil. Mon sang ne fit qu'un tour. L'homme qui me tournait le dos avait déplacé la plaque de la cheminée et trouvé derrière ce que j'y tenais caché. Ce n'était sûrement pas un simple cambrioleur et j'allais être obligé maintenant de le tuer. Je ne pouvais plus le laisser repartir vivant après ce qu'il venait de lire ; à moins de lui en faire perdre la mémoire, mais ça, ce n'était pas possible.

Je ne possédais aucune arme à feu, par souci de sécurité et aussi parce que je n'avais jamais pensé que je pourrais en avoir besoin. D'ailleurs, toute réflexion faite, c'était mieux ainsi. Je n'avais ni le goût ni les possibilités de faire disparaître le cadavre. Il fallait donc jouer la comédie de l'honnête citoyen qui, rentrant chez lui, surprend un malfaiteur, se bat avec lui et le tue par accident.

L'inconnu avait reposé les papiers sur la cheminée et préparait maintenant un Minox muni d'un flash pour prendre des photocopies. Je ne pouvais plus attendre davantage.

— Bonsoir, dis-je en entrant. J'espère que je ne vous dérange pas.

Il avait les nerfs solides. Il se figea simplement, sans même avoir sursauté, et se contenta de lever les yeux pour me regarder avancer dans le miroir qui surmontait la cheminée. Il parut soulagé en voyant que j'avais les mains vides.

— Vous êtes sans doute un ami de M. Ellis ? questionnai-je aimablement.

Je vis une lueur d'espoir éclairer son regard et en conclus qu'il ne me connaissait pas.

— Oui, dit-il, exactement.

— Il ne va pas tarder, continuai-je. Il m'a donné ses clés pour venir l'attendre ici… Il aurait pu me prévenir que vous étiez là.

— Oui, bien sûr… Il a peut-être voulu vous faire la surprise.

— Ça ne m'étonnerait pas, il est tellement malicieux.

Je lui souris et il me rendit mon sourire. C'était un grand type aux cheveux blonds coupés très court, bien bâti, et qui donnait l'impression de posséder un contrôle de soi presque parfait. Il entreprit de ranger son Minox. Ses gestes étaient lents et d'une grande précision et il ne cessait pas pour autant de surveiller mon image dans le miroir. Il mit son appareil dans une poche, puis le plus naturellement du monde, il ramassa les documents qu'il avait voulu photographier, les plia et les mit dans une autre poche.

– Si l'on buvait quelque chose en attendant ? proposa-t-il. Je vais chercher de la glace à la cuisine.

Il allait essayer de partir. Découvert, il n'avait plus de précautions à prendre et il risquait le tout pour le tout. Je lui souris, très décontracté.

– C'est une bonne idée.

Il était obligé de passer tout près de moi pour gagner la porte, à moins de faire un détour qui aurait trahi ses craintes. Je compris à temps qu'il allait me frapper, sûrement pas pour me tuer, il ne pouvait pas se permettre cela, mais pour me neutraliser le temps qui lui était nécessaire pour téléphoner à ses chefs et les mettre au courant.

Je savais sur quelle jambe il allait se trouver en appui à cet instant précis et ce fut celle-là que je visai. Je basculai brusquement à l'horizontale et la semelle de ma chaussure l'atteignit sous la rotule. Il avait déjà lancé son bras tendu, main en couperet, pour un *atemi* qui aurait dû me toucher au cou. Il cria de douleur. Son genou blessé céda brusquement sous son poids et il s'écroula. Je fis un léger saut sur mon pied gauche pour assurer de nouveau mon équilibre et ma jambe droite se détendit une seconde fois. La pointe de mon soulier cueillit alors mon adversaire sur la pomme d'Adam. Il fut rejeté sur le côté, s'affala lourdement sur le tapis et ne bougea plus.

Il était en syncope et je savais que cette syncope pouvait être mortelle. Mais ce n'était pas absolument certain. Je m'agenouillai près de lui et enfonçai mes pouces de chaque côté de son cou, bloquant les artères essentielles afin de couper tout afflux de sang au cerveau. Je restai ainsi tout le temps nécessaire et n'ôtai mes pouces qu'après avoir acquis la certitude de la mort.

Je repris les documents qu'il avait mis dans sa poche et le fouillai ensuite consciencieusement. Je découvris ainsi le double de mon trousseau de clés, un mouchoir, cinq billets d'une livre sterling, trois pièces d'une demi-couronne, deux d'un shilling, un couteau à lames multiples, une minuscule lampe de poche, des gants de cuir très fins, un jeu de passe-partout d'excellente qualité, le Minox et deux chargeurs de film vierge dans une petite boîte en aluminium. Ce fut tout, aucun papier d'identité, pas de portefeuille, pas de carnet d'adresses. Discrétion assurée.

Il me fallait maintenant agir vite. Linda n'allait pas tarder à s'impatienter et elle pouvait se décider à monter malgré sa cheville meurtrie.

J'allai à mon bureau, installé dans un coin du salon, et mis les documents dans une enveloppe que je cachetai avec soin. Je mis cette enveloppe dans ma poche, allai dans la salle de bains chercher la boîte de baume et redescendis. Il pleuvait et les feuilles naissantes des arbres du parc luisaient de l'autre côté de la rue sous la lumière des réverbères.

Tout paraissait tranquille. Linda était toujours dans la Jaguar.

— Excusez-moi, dis-je en ouvrant la portière, il est arrivé un drame. Il y avait un cambrioleur chez moi, nous nous sommes battus et je crois bien l'avoir tué.

— Mon Dieu ! s'exclama-t-elle en portant une main à sa bouche.

— Il faut que j'appelle la police, continuai-je, mais je ne voudrais pas que vous soyez mêlée à cela. Savez-vous conduire ?

— Oui.

— Pouvez-vous conduire cette voiture ?

— C'est une boîte de vitesses automatique ?

— Oui, c'est extrêmement simple. Allez doucement... D'ailleurs, il n'y a plus personne dans les rues.

— Vous voulez que je rentre chez moi avec votre voiture ?

— Oui, garez-la n'importe où, fermez-la à clé. Je vous téléphonerai demain matin.

— Comme vous voudrez, accepta-t-elle. J'espère que ma cheville ne me trahira pas.

Elle se glissa à droite sous le volant, je lui donnai les clés et toutes les explications utiles. Elle était très attentive et j'en profitai pour enfoncer discrètement l'enveloppe contenant les documents dans la poche de portière.

— Allez, maintenant, décidai-je. Il faut que je remonte téléphoner à la police.

Elle acquiesça d'un signe de tête. Je refermai la portière. Linda fit tourner le moteur et je la regardai démarrer. Elle ne s'en tirait pas trop mal. Je rentrai dans l'immeuble et remontai en utilisant cette fois l'ascenseur.

Ma victime était toujours là. Je m'assurai qu'elle était bien morte, puis je remis dans ses poches tout ce que j'en avais sorti. Après quoi, je replaçai la plaque de cheminée, ouvris l'armoire et répandis sur le tapis le contenu de quelques tiroirs.

Enfin, je décrochai le téléphone et amenai trois fois le 9 sur la butée du cadran.

*

Suite du récit de Linda Bush, dite Clark.

J'étais bouleversée et la conduite de cette grosse et puissante voiture réclamait pourtant toute mon attention. Je roulais lentement, sans dépasser le 20 milles à l'heure, mais ce n'était pas vers Leicester Square que je me dirigeais. J'avais pris la décision de passer au service pour leur rendre compte des événements et leur montrer cette enveloppe gonflée que Harold Ellis avait discrètement glissée dans la poche de portière, croyant que je ne le voyais pas.

Au fond, c'était heureux qu'il ne m'eût pas invitée à monter chez lui. J'avais en effet changé d'avis et j'étais prête à le faire, ayant pensé qu'il ne me prendrait pas malgré moi et que je pourrais peut-être glaner quelque renseignement intéressant…

J'atteignis le bureau sans encombre et put ranger la voiture non sans difficultés. L'inspecteur Burnett, un adjoint de Colin Arbuckle, assurait la permanence de nuit. Il connaissait l'affaire et je le mis au courant.

Sa réaction me surprit. Il devint pâle comme un mort, se mit à jurer, puis s'exclama :

— On ne vous avait pas demandé de le retenir jusqu'après minuit ?

Surprise, je secouai négativement la tête.

— Non, pourquoi ?

Et je compris brusquement.

— Mon Dieu ! C'était quelqu'un du service ?

Burnett fronça les sourcils, ennuyé.

— Oubliez tout cela, dit-il. Je suppose qu'Arbuckle avait ses raisons pour ne pas vous avoir prévenue.

J'étais affolée.

— Que va-t-il se passer ?

— Rien, répondit-il. Il ne va rien se passer du tout.

Je sortis de ma poche l'enveloppe que j'avais prise dans la voiture et lui expliquai rapidement de quoi il s'agissait.

— Parfait, dit-il. Je vais la faire ouvrir par un spécialiste et faire photographier ce qu'elle contient. Puis vous la remettrez en place et vous ferez ce qu'il vous a demandé pour la voiture.

— Il verra que cette enveloppe a été ouverte ? m'inquiétai-je.

— Ça m'étonnerait. Il faudrait qu'il soit rudement malin.

Je me laissai tomber sur une chaise.

— Mon Dieu, soupirai-je. Quelle histoire !

*

Suite du récit de Louise Maclay.

Lorsque je revins des lavabos, j'étais calmée, au moins en apparence. Robert Renfield me fit boire un grand verre de champagne, puis commanda une autre bouteille. Il était absolument adorable : gai, discret, attentif et tendre tout à la fois. Son attitude, le champagne aidant, me rendit finalement le sourire. Je n'éprouvais plus qu'un violent mépris pour Harold avec, tout au fond de moi-même, un désir encore à peine formulé de me venger.

Nous dansâmes de nouveau, des tangos et des slows langoureux. J'avais déjà trop bu, et l'émotion m'avait brisée. La tête me tournait un peu et j'avais les jambes molles. J'appréciais le ferme soutien de mon danseur qui me serrait étroitement contre lui ; et qu'il manifestât d'une façon tangible un certain sentiment qu'il éprouvait pour moi me troublait maintenant bien plus que cela ne me choquait. Harold n'était plus là pour nous observer, mais nous dansions, néanmoins, aussi *hot* que les convenances pouvaient nous le permettre.

Il me parlait et sa voix me berçait. Nos joues se caressaient et il m'embrassa soudain dans le cou, derrière l'oreille. Cela me fit violemment frissonner et j'eus un mouvement brusque pour me dégager. Nos lèvres se frôlèrent. Il me serra davantage contre lui. L'alcool, la musique langoureuse, les lumières tamisées, tout concourait à ma perte. Nous nous regardions, nos bouches tout près l'une de l'autre. Il ne parlait plus. Il avait envie de moi et j'avais envie de lui, et plus seulement pour me venger de la trahison de Harold. Une chaleur qui avait pris naissance dans mon ventre irradiait lentement tout mon corps.

Ses lèvres furent brusquement sur les miennes et je crus défaillir. Mes genoux plièrent. Il me soutint un instant presque complètement.

— Partons, balbutiai-je sans rompre le contact de nos bouches. Allons-nous-en.

Nous retournâmes à notre table pour payer les consommations. Tout se déroula ensuite comme dans un rêve. J'avais hâte d'être arrivée, hâte que tout soit consommé. Nous montâmes dans un taxi et je donnai mon adresse au chauffeur.

— Mais votre frère ? s'inquiéta mon compagnon.

— Je n'ai pas de frère, répliquai-je avec un rire nerveux.

Je me blottis dans ses bras et nous recommençâmes à nous embrasser comme des fous. La pensée me vint qu'après tout, je n'avais pas encore essayé de lui tirer le moindre renseignement sur ses usines et que cela justifiait ce que j'allais faire car il serait beaucoup plus confiant après. Mais quelque chose se révolta aussitôt dans mon esprit. Je n'avais nul besoin de justification et, de toute façon, tout était fini entre Harold et moi, entre le GRU et moi.

À ce moment-là, je le croyais. Je le croyais vraiment.

10

Suite du récit de Colin P. Arbuckle.

J'étais à Portland et le plus dur était fait. Je regardais Rose Darracott sangloter convulsivement devant moi. Je venais de lui expliquer que le pseudo-Harry Whitney, attaché naval à l'ambassade des États-Unis à Londres, était plus connu sous le nom d'Harold Thomas Ellis, et que cet intéressant personnage remettait à M. Gregory Krichkine, second secrétaire à l'ambassade d'URSS, les photocopies de documents qu'elle lui faisait parvenir avec l'aide de son fiancé, Lewis Milligan.

— Je pourrais vous faire arrêter tout de suite et inculper d'espionnage au profit d'une puissance étrangère, lui avais-je dit sévèrement. Mais je veux tenir compte du fait que vous êtes d'une excellente famille et que vous avez été sûrement abusée, en tout cas que vous avez agi avec une totale inconscience. Je vais donc vous donner une chance. Si vous m'obéissez aveuglément, je vous promets que vous ne serez pas inquiétée et que votre nom ne sera même pas prononcé. Je peux prendre prétexte du caractère secret de vos fonctions pour obtenir que de simples initiales vous soient attribuées dans le cas où vous seriez citée comme témoin.

Elle cessa enfin de pleurer, se tamponna le visage avec son mouchoir et me regarda.

— Je dois être affreuse, gémit-elle.

C'était vrai. Je protestai néanmoins, sans grande conviction.

— Mais non…

— Dites-moi ce qu'il faut faire, reprit-elle, je vous obéirai.

— Quand deviez-vous faire la prochaine livraison ?

— Au début du mois prochain, dans une quinzaine de jours. Cela se passe tous les premiers samedis du mois.

C'était bien ce que j'avais pensé.

— Nous voulons presser le mouvement, dis-je. A-t-il été prévu que vous pourriez avoir un document à transmettre de toute urgence ?

Elle secoua négativement la tête, sans cesser de se tamponner les yeux.

— Non.

— En cas de nécessité, insistai-je, vous devez pourtant avoir le moyen de joindre à Londres celui que vous appelez Whitney ? On prévoit habituellement un système de petites annonces ou quelque chose d'analogue.

— Je crois que Lewis sait comment toucher monsieur… Whitney.

— Parfait, dis-je, nous allons essayer. Je vais vous remettre un document, un faux je vous le dis tout de suite, qui précise une date très rapprochée pour des essais de certains appareils de détection anti-sous-marine expérimentés ici. Vous en parlerez à Lewis Milligan, sans le mettre au courant de notre conversation, et vous ferez l'impossible pour lui faire comprendre la nécessité d'une transmission rapide. Nous nous chargerons du reste.

Elle parut soulagée de n'avoir à faire que cela et ne souleva même pas les objections que j'avais prévues concernant le fait de laisser Lewis Milligan dans l'ignorance. Je lui remis le document, lui fis d'ultimes recommandations et la quittai. Elle était éperdue de reconnaissance et m'aurait baisé les pieds si je l'avais laissée faire.

Dans le couloir, un officier de la Navy Intelligence m'attendait.

— Il faut que vous rappeliez Londres de toute urgence, annonça-t-il. Ils viennent de téléphoner.

Je le suivis dans son bureau et obtins la communication en quelques minutes. La voix de Burnett me surprit, car je le croyais chez lui en train de se reposer de sa nuit de permanence.

— Il y a eu un os, me dit-il. Il faut que vous rentriez de toute urgence.

— Quel os ? m'inquiétai-je.

— Je ne peux rien vous dire par téléphone.

Nous n'avions pas de ligne directe à notre disposition et il craignait bien sûr qu'une oreille de standardiste ne traînât quelque part entre nous.

— C'est grave ?

— Très grave. Si vous pouviez rentrer en voiture…

— Je vais essayer, dis-je.

Je raccrochai, angoissé. Qu'était-il donc arrivé ?

— Je voudrais une voiture rapide pour me ramener à Londres, dis-je à l'officier de l'IN, le service paiera les frais.

— *All right*, répliqua-t-il.

*

Suite du récit d'Hubert Bonisseur de la Bath.

Il était neuf heures et demie. Louise s'était levée, poussée par la faim, et s'affairait dans la cuisine à préparer le petit déjeuner. Une bonne odeur de bacon grillé parvenait jusqu'à mes narines.

Je sortis du lit saccagé et me rendis dans la salle de bains où je découvris un flacon d'Alka-Seltzer, exactement ce qu'il me fallait. Je fis dissoudre quatre comprimés dans un grand verre d'eau, ce n'était pas trop pour effacer la fatigue que je ressentais. Nous avions eu, Louise et moi, une nuit des plus mouvementées. Douée d'un tempérament exceptionnel, elle m'avait obligé à me surpasser. Vraiment.

Quand je revins dans le studio, elle arrivait en poussant le breakfast sur une table roulante. Elle avait enfilé un peignoir de bain et je mis mon slip pour être moins indécent.

— Vous avez de bien jolis cernes sous les yeux, chère, constatai-je.

Elle se mit à rire.

— Vous ne vous êtes pas regardé !

Nous nous assîmes de part et d'autre de la table. Elle était gaie et détendue. Elle vit que je l'observais et dit :

— Je suis heureuse, Bob.

— Moi aussi, assurai-je.

Et c'était presque vrai. Elle me plaisait et je me sentais bien avec elle. Dommage qu'elle fût une esp… Elle allongea soudain le bras pour allumer un petit poste à transistors posé sur le bahut.

— Un peu de musique…

Ce n'était pas de la musique, mais un bulletin d'informations qui nous fut donné : « La nuit dernière, alors qu'il rentrait chez lui, vers onze heures trente,

M. Harold Ellis a surpris un cambrioleur dans sa chambre. Courageusement, M. Harold Ellis s'est jeté sur le malfaiteur pour l'empêcher de fuir. Les deux hommes se sont battus. Le cambrioleur était mort lorsque police-secours, appelée par M. Ellis, est arrivée. On n'a découvert sur lui aucun papier d'identité... »

La voix de l'annonceur continuait de résonner, mais nous n'écoutions plus. Louise était devenue livide. Nous nous regardions.

— Quelle terrible histoire ! dis-je.

Elle se leva brusquement et ferma le poste. Elle était visiblement bouleversée. J'abandonnai mes œufs au bacon, m'essuyai la bouche et me levai pour aller prendre Louise dans mes bras.

— Ce n'est pas tellement important, remarquai-je, un cambrioleur de plus ou de moins... Votre employeur est sain et sauf, et c'est l'essentiel.

Elle respira profondément, me caressa les lèvres avec le bout de ses doigts et me dit gravement :

— Vous avez raison... Vous avez toujours raison, chéri.

Elle se rassit. J'en fis autant et nous continuâmes de manger en silence. Lorsque ce fut fini, elle me proposa de prendre un bain pendant qu'elle se reposerait ; ce que j'acceptai.

J'étais dans l'eau très chaude lorsque le téléphone sonna. J'entendis Louise décrocher et dire allô. Puis une phrase me mit la puce à l'oreille.

— Je sais, je viens de l'entendre à la radio.

C'était probablement Ellis qui l'appelait.

— Non, je ne passerai pas au bureau aujourd'hui... ni demain... Pourquoi ?... Parce que je n'ai plus envie de vous voir... Oui, c'est comme ça... Non, je ne suis pas idiote. Je sais parfaitement ce que je dis… Ne comptez plus sur moi, Harold, pour quoi que ce soit… Vous entendez bien ? Pour quoi que ce soit… Je tire un trait… Parfaitement… Vous ne me faites pas peur… Quoi ?… Me méfier de lui ?…

Elle se mit à rire.

— Vous êtes jaloux ! Voilà la vérité… Parfaitement ! Jaloux !… C'est un homme très séduisant… C'est ça… Il me plaît beaucoup, beaucoup…

Elle ajouta sur un autre ton :

— Stupide !

Et je compris qu'il avait raccroché. Elle en fit autant et retourna dans la cuisine. J'avais aussi compris qu'ils avaient parlé de moi. Pourquoi lui avait-il dit de se méfier de moi ? Quelle erreur avais-je bien pu commettre pour éveiller ses soupçons ?… Il était peut-être tout simplement jaloux ? D'après les renseignements que m'avait communiqués Arbuckle, elle était sa maîtresse depuis longtemps, et il devait la considérer comme son bien propre.

Je sortis du bain, tout ragaillardi, et terminai rapidement ma toilette. Il ne me manquait plus que d'être rasé. Dix minutes plus tard, prétextant des rendez-vous d'affaires, je quittai Louise après lui avoir promis de venir la chercher le soir même vers huit heures. Elle m'embrassa passionnément et me dit avec beaucoup de conviction :

— Même si tu ne revenais pas, je me souviendrais toujours de toi avec reconnaissance… Tu m'auras aidée à tourner une page. Je t'expliquerai peut-être un jour.

J'entrai chez un barbier sur Old Brompton Road, et pendant qu'un homme de l'art me rasait, je continuai de penser à Louise. Il était à peu près évident qu'elle avait pris la décision de lâcher Harold Ellis, et non seulement lui, mais le réseau qu'il dirigeait. J'aurais pu profiter de ces dispositions pour essayer de la faire parler, mais je craignais que le fait d'apprendre ma véritable qualité et que j'avais, dans une certaine mesure, abusé de sa confiance, ne la choquât profondément et ne la fît se replier sur elle-même. D'autres pourraient mieux que moi exploiter la situation et je croyais aussi qu'elle était maintenant en danger et que le meilleur moyen de la protéger était peut-être de la faire arrêter.

Rasé, je quittai le barbier et entrai dans la première cabine téléphonique que je rencontrai. Je n'étais pas censé savoir que Colin Arbuckle était absent de Londres et j'appelai son bureau. Un fonctionnaire que je ne connaissais pas m'assura que Colin Arbuckle serait là vers trois heures, dans l'après-midi, et que je pouvais passer à ce moment-là.

Je formai ensuite le numéro de Linda Clark.

Elle répondit presque aussitôt, comme si elle avait été aux aguets près de son appareil.

— Bonjour, mon cœur, fis-je. Vous connaissez la nouvelle ?

— Quelle nouvelle ? demanda-t-elle sèchement.

— Votre chevalier servant a tué un cambrioleur qu'il avait surpris chez lui.

— Je sais. J'ai écouté les informations.

— C'est tout ce que ça vous fait ?

— Pourquoi voulez-vous que ça me fasse quelque chose ?

— Oh !... Vous êtes de mauvaise humeur.

— Expliquez-moi plutôt ce que vous avez manigancé hier soir... Je voudrais bien savoir pourquoi cette folle a voulu me casser une cheville.

— Je vous expliquerai ça tout à l'heure, répondis-je. À une heure, au Scott.

— Il n'en est pas question.

— Le Scott ne vous plaît pas ? C'est à côté de chez vous et…

— Ce n'est pas une question de restaurant.

— Ne soyez pas stupide, je ne vais pas vous manger. Si vous voulez des explications, venez. Nous irons ensuite tous les deux voir Colin. Il rentre à trois heures.

— Je sais.

— Alors ? Oui ou non ?

— Je viens. Mais prenez garde que votre conduite soit irréprochable !

Elle raccrocha sans me laisser le temps de répliquer. Ma parole, elle me prenait pour un sauvage ou bien pour un voyou !

Sincèrement, elle commençait à m'agacer.

11

Mon nom est Lewis Edward Milligan. J'ai cinquante-cinq ans et je suis sous-chef de bureau à l'intendance dans les services civils de l'Amirauté, en affectation à Portland… Sous-chef de bureau, seulement, alors que mes capacités auraient dû me valoir depuis longtemps, compte tenu de mon ancienneté, un poste de directeur. Paul Mason, par exemple, qui était au collège avec moi, et qui était le cancre de la classe, est sous-directeur depuis deux ans. Et le comble est que je suis sous ses ordres !

Non, croyez-moi, un pays qui reconnaît si mal les valeurs personnelles ne mérite pas d'être servi. J'en suis écœuré et cela ne date pas d'hier. Et si je reste, ce n'est que pour mieux en sortir. Dans deux ans, j'aurai mis dix-huit mille livres de côté. Je pourrai alors faire valoir mes droits à la retraite et partir avec mon magot pour l'Australie ou la Nouvelle-Zélande, je ne sais pas encore. Enfin, dans un pays neuf, où un homme capable peut encore se tailler une belle place au soleil, d'autant plus facilement qu'il possède un peu d'argent.

Ce jour-là, comme tous les jours, pendant la pause de midi, je me rendis à la cantine pour déjeuner. Rose m'attendait devant la porte. Rose Darracott, un poème !... Moche et bête comme il n'est pas permis de l'être. Je l'appelais ma poule aux œufs d'or, car c'était grâce à elle que je pouvais mettre cinq cents livres de côté tous les mois. Une femme qui rapporte autant que ça mérite quelques égards. Elle croyait que nous étions fiancés et que le magot nous permettrait de nous installer quand nous serions mariés. L'imbécile !

— Alors, poulette ?

— Lew, répliqua-t-elle d'une voix angoissée, il faut que je vous parle. C'est très grave.

Je vis alors qu'elle était livide, ce qui la rendait encore plus laide. Une angoisse me serra la gorge. Je pensai aussitôt qu'elle avait pu commettre une imprudence et se faire surprendre en train de photocopier des documents. Des gens nous bousculaient pour entrer dans la cantine. J'entraînai Rose à l'écart et continuai de marcher en lui tenant le bras. Lorsque je fus assuré que personne ne pouvait plus nous entendre, je la questionnai brutalement :

— Alors ?

Elle était si troublée qu'elle pouvait à peine parler. Elle commença par me faire jurer de ne rien répéter à personne, on lui avait fait promettre de ne rien me dire, mais nous étions fiancés, elle m'aimait et je l'aimais, il ne pouvait donc y avoir de secrets entre nous. D'autre part, j'avais été abusé comme elle...

Ce long préambule m'avait exaspéré.

— Au fait ! dis-je.

Elle respira un grand coup et lâcha :

— J'ai reçu, ce matin, un inspecteur du MI5, ils savent tout.

J'eus l'impression que tout s'écroulait autour de moi. Un grand froid me saisit et je restai un long moment la bouche ouverte, les yeux exorbités, comme un boxeur sonné. Mais je n'eus pas besoin de poser d'autres questions, Rose me racontait maintenant l'entretien dans ses détails. Elle avait toujours eu une excellente mémoire des mots, et je pouvais être assuré de la fidélité de son rapport. Quand elle eut terminé, une seule interrogation me vint aux lèvres :

— Comment ont-ils su que c'est à l'attaché naval américain que vous croyiez fournir les renseignements ?

Elle baissa la tête et me fit le récit de cette soirée au Cumberland qui avait tout déclenché. Je l'aurais étranglée. Elle me regarda et l'expression de mon visage dut lui faire peur.

— Vous m'en voulez tant que ça ? gémit-elle.

Je recouvrais déjà peu à peu mon sang-froid. Il ne fallait surtout pas qu'elle pût soupçonner la vérité en ce qui me concernait. Dieu savait, s'il existe, quelles auraient pu être ses réactions. Elle aurait été capable de courir me dénoncer tout de suite au bureau tout proche de la Navy Intelligence.

— Je suis... Je suis furieux, dis-je, et vous pouvez le comprendre. Que ce pseudo-Whitney se soit ainsi moqué de nous...

— Il faut aider le MI5 à le prendre la main dans le sac, n'est-ce pas ? J'ai bien fait d'accepter, n'est-ce pas ?

Je serrais les poings dans mes poches. J'avais envie de la battre jusqu'à ce que mort s'ensuive.

— Vous avez très bien fait, répliquai-je d'une voix à peine audible.

— Vous savez comment alerter ce... ce...

Elle ne savait plus comment l'appeler.

— Je sais, assurai-je, et je vais m'en occuper dès maintenant. Samedi matin, tout sera fini et je pleurerai de joie quand il sera en prison...

Elle soupira de nouveau, puis lança, comme un ballon d'essai :

— Vous savez, Lew, nous serons peut-être obligés de restituer l'argent.

— Eh bien, nous le restituerons.

Elle eut un mouvement de tête signifiant que cela lui serait dur. Je le comprenais.

— Ne restons pas plus longtemps ensemble, décidai-je. Ils peuvent nous surveiller. Allons déjeuner.

— Je n'ai pas faim, Lew.

— Moi non plus, mais nous mangerons quand même.

Je savais déjà ce que j'avais à faire : prévenir Harold Ellis, récupérer le magot là où je l'avais caché, chez ma mère à Londres, et quitter le pays par les voies les plus rapides à destination de Berlin. J'avais rendu suffisamment de services aux Orientaux pour qu'ils ne me laissent pas tomber, maintenant que tout craquait.

*

Suite du récit de Harold T. Ellis

J'avais dû aller à Scotland Yard, où l'on m'avait interrogé jusqu'à trois heures du matin. L'inspecteur chargé de l'enquête m'avait demandé de revenir vers une heure et demie de l'après-midi pour signer mes déclarations que l'on aurait dactylographiées d'ici là, sous forme de procès-verbal.

J'étais arrivé à mon bureau de Wardour Street un peu avant onze heures, comme si rien ne s'était passé. Il me fallait envisager que je pouvais être l'objet d'une surveillance et me garder en conséquence de rien changer à mes habitudes. Je ressortis vers une heure moins dix, ayant décidé de gagner Scotland Yard à pied. J'ai toujours aimé marcher et je crois que c'est un excellent moyen de conserver sa forme.

J'étais évidemment très préoccupé, et même angoissé, par ce qui s'était passé la nuit précédente. Deux certitudes me paraissaient acquises : mon cambrioleur n'était pas un cambrioleur ordinaire, et il n'appartenait pas davantage à la police ordinaire. Restaient donc deux possibilités : contre-espionnage ou service de renseignements adverse.

Pourquoi s'intéressait-on soudain à moi, quelle erreur avais-je bien pu commettre, ou quelle imprudence, et surtout... pourquoi mon visiteur était-il tellement certain de n'être pas surpris qu'il n'avait même pas jugé utile de placer un guetteur à l'extérieur ?... Autant de questions qui restaient sans réponses.

Il y avait aussi Louise et son attitude pour le moins singulière. Mais cela me tracassait beaucoup moins. Je pensais qu'elle était tout simplement jalouse et que je n'aurais pas à me donner beaucoup de mal pour la ramener dans le droit chemin. Sa réaction prouvait à mes yeux qu'elle m'aimait, ce qui ne pouvait que me flatter.

J'avais commis une erreur en amenant Linda au Cabaret sans penser que Louise pouvait y être. Elle avait ses habitudes dans d'autres boîtes de nuit et un faible pour le New Churchill's, New Bond Street. Tout de même, j'aurais pu vérifier à la porte, auprès de la secrétaire qui tenait à jour la liste des entrées.

J'allais atteindre le carrefour de Coventry Street lorsque je vis passer Linda, qui se dirigeait vers Piccadilly Circus. Ma première réaction fut de la rattraper, puis mes réflexes de méfiance, réveillés brutalement par l'incident de la nuit précédente, jouèrent et je choisis de la suivre. Je l'avais appelée au téléphone à dix heures et elle m'avait indiqué l'endroit où elle avait laissé ma voiture. J'avais un second jeu de clés et il ne m'était donc pas nécessaire de récupérer celles que je lui avais données. J'avais retrouvé l'enveloppe dans la poche de portière. Cette enveloppe que j'avais d'ailleurs détruite avec son contenu, toute réflexion faite, et dont j'avais fait passer les cendres dans le lavabo de mon bureau.

Linda marchait d'un pas régulier, parmi la foule, accrochant les regards envieux des autres femmes et faisant se retourner la plupart des hommes. Quelle beauté et quelle allure !

Elle entra au Scott. Une femme seule n'entre pas au Scott pour déjeuner si quelqu'un ne l'y attend pas. Je continuai jusqu'à la porte et risquai un coup d'œil dans la première salle. À gauche, près des banquettes du bar, je vis Robert Renfield, mon client de la veille, qui accueillait Linda en lui baisant les mains.

Je fis brusquement demi-tour, avant qu'il ait pu me voir, et je me mêlai à la foule qui montait vers le Circus. J'étais si troublé que je traversai sans m'en rendre compte Shaftesbury Avenue alors que j'aurais dû prendre à gauche pour rejoindre Haymarket.

Ça, c'était vraiment inattendu ! J'essayais de comprendre, de trouver une explication logique, mais je n'y arrivais pas. Ils s'étaient vus la veille, sur la piste de danse du Cabaret, alors que Louise venait de donner un coup de pied à Linda, mais ils ne semblaient pas se connaître et ils ne s'étaient pas parlé. L'Américain s'était uniquement adressé à moi pour offrir des excuses au nom de Louise. J'avais aussitôt quitté la salle avec Linda… Comment celle-ci aurait-elle pu retrouver ce Renfield ensuite ? Je ne voyais pas.

Je ne voyais pas et je ne trouvai qu'une seule explication : ils se connaissaient avant et ils étaient d'accord pour me servir une comédie dont j'avais fait les frais. Peut-être l'incident avait-il été prémédité pour m'amener à rentrer plus tôt chez moi ?... Non, c'était stupide. J'étais en plein cirage et j'avais peur. Pour la première fois depuis que je travaillais à Londres, *j'avais peur*.

Je remontai machinalement Regent Street sans cesser de réfléchir. J'avais été, j'étais encore *manipulé* par un adversaire inconnu, cela ne faisait plus de doute. Et j'étais probablement l'objet d'une surveillance tellement discrète que je n'avais pu encore la déceler.

Je revins brusquement sur mes pas et descendis dans le métro. Je pris à un distributeur automatique un ticket pour Elephant and Castle. Sur le quai, discrètement, je pris note de tous les visages qui m'entouraient.

À Trafalgar Square, la station suivante, je sortis du wagon et restai sur le quai, regardant avec soin tous ceux qui gagnaient la sortie. Quelques instants plus tard, alors qu'une autre rame arrivait, je vis revenir un homme d'une quarantaine d'années, qui était monté en même temps que moi à Piccadilly Circus. Ma conviction était faite.

J'entrai dans une voiture et il entra, l'air dégagé, dans la suivante. Lorsque je sentis que les portes allaient se refermer, je sautai sur le quai... et regardai partir mon suiveur.

Je pris les escaliers pour quitter la station. Il n'était plus question pour moi de me rendre à Scotland Yard pour signer les procès-verbaux de mon audition. Je craignais un piège et d'être arrêté à ce moment-là.

Je trouvai un taxi à l'entrée du Strand et lui demandai de me conduire à la gare de Victoria. Pendant tout le trajet, j'essayai de voir si quelque voiture nous suivait, mais c'était difficile. Dans la gare, j'exécutai une série de manœuvres classiques, puis repris le métro jusqu'à Saint James Park. Quand je fus tout à fait certain de n'être plus suivi, je hélai de nouveau un taxi et donnai une adresse dans Old Brompton Road, à deux pas de chez Louise.

Il fallait absolument que je la voie et que je l'interroge au sujet de ce Robert Renfield. Le cours des événements pouvait se précipiter et je voulais être informé, autant que cela était possible, avant de prendre certaines décisions.

Drayton Gardens est une petite rue tranquille et je ne vis personne en m'y engageant. Seul un chat noir, installé sur la plus haute marche d'un perron, me suivit un instant de son regard énigmatique.

Je descendis le court escalier qui conduisait du trottoir au sous-sol et appuyai sur le bouton de la sonnette. Un long moment s'écoula. Je sonnai de nouveau. J'allais faire demi-tour, croyant que Louise était sortie, lorsqu'elle ouvrit enfin la porte.

Elle était échevelée, elle avait les yeux gonflés de sommeil et elle étouffait un bâillement de sa main gauche, cependant que la droite maintenait devant elle les pans de son peignoir enfilé à la hâte.

— C'est vous ? dit-elle.

Visiblement contrariée. Sa main gauche monta vers ses cheveux, essaya de les faire bouffer.

— Que voulez-vous ? reprit-elle. Je dormais.

— Je veux vous parler. C'est très grave et très urgent.

— Revenez dans une heure, répliqua-t-elle. Je ne suis pas en état de discuter.

Je n'étais pas habitué à ce qu'elle me résistât et la colère me prit. Je la repoussai brutalement, entrai et refermai la porte. Puis je passai dans le studio.

Les rideaux étaient tirés et seule une lampe de chevet allumée éclairait la pièce. Je fus d'abord frappé par l'odeur : cela sentait l'amour. Puis je découvris successivement le lit saccagé et le plateau sur la table roulante, avec les deux assiettes sales, les deux tasses à thé…

Cela me fit l'effet d'un coup de bâton et je réalisai soudain combien, malgré Linda, je tenais encore à Louise. Elle passa près de moi, traînant les pieds dans ses chaussons mal mis. Elle avait fini de nouer la ceinture de son peignoir et ses deux mains étaient occupées à remettre un semblant d'ordre dans sa chevelure.

Elle traversa toute la pièce, se retourna et se laissa tomber assise au bord du lit. Son regard était chargé de défi, je ne lui avais jamais connu un pareil regard…

— Eh bien ? fit-elle, agressive. Je vous écoute.

Je tremblais. Et le son de ma voix, sourde, étranglée, me surprit lorsque je la questionnai :

— Il a couché ici, avec vous ?

Elle hésita, sur le point de nier, puis son regard glissa vers le plateau non desservi sur la table roulante. Elle redressa la tête, fièrement, et me toisa.

— Oui, répondit-elle, il a couché ici, avec moi.

Je fis quelques pas en avant, m'arrêtai. Mes mains, mes lèvres tremblaient. Alors que je sentais tout craquer autour de moi, Louise… Louise, qui aurait dû me soutenir, m'échappait.

— C'est un flic, balbutiai-je, il s'est servi de toi pour m'atteindre. Il s'est moqué de toi…

Je me mis à crier :

— Il se fout de toi ! C'est moi qu'il veut !

Elle ne bougeait pas. Son regard n'avait même pas vacillé. Elle ne me croyait pas. Je fis encore deux pas en avant, les mains tendues, suppliant :

— Écoute-moi, Louise, je t'en supplie… Linda, c'est…

Elle m'interrompit. Ses yeux s'étaient rapetissés.

— Je m'en moque, dit-elle d'une voix sifflante. Retourne avec elle... Retourne avec ta putain. Je ne veux plus te voir !

La colère me reprit. Je franchis d'un trait la distance qui nous séparait encore et la saisis aux épaules. Elle n'avait pas peur. Elle s'appuya sur ses bras tendus en arrière et soutint mon regard.

— Tu vas m'écouter ! hurlai-je.

— Je vous écoute. Mais si vous criez comme ça les voisins vont vous écouter aussi.

Elle avait raison. Je fis un effort sur moi-même pour me calmer. Puis je repris :

— Linda travaille pour le contre-espionnage, je le sais. Je le savais depuis le début. J'ai joué le jeu.

— Vous mentez, dit Louise.

Oui, je mentais, mais pas autant qu'elle le croyait.

— Elle déjeune actuellement au Scott avec Renfield... Veux-tu que nous allions voir ?

— Je ne vous crois pas.

Je la secouai, furieux.

— Mais tu ne comprends donc pas que notre sécurité est en jeu, que notre liberté est menacée ?... Le cambrioleur, chez moi, cette nuit, c'était un flic du contre-espionnage.

— Cela m'est égal. Je ne veux rien savoir de tout ça... Je vous l'ai dit ce matin : vous ne pouvez plus compter sur moi pour quoi que ce soit.

Elle était ferme comme un roc. J'étais abasourdi.

— Ce n'est pas possible, repris-je. Tu ne peux pas te retirer comme ça. Tu sais trop de choses.

— Vous savez que je ne parlerai jamais, à personne.

— Je sais que tu es en train de me trahir, répliquai-je.

Elle prit peur, subitement, et voulut m'échapper. De ses épaules, mes mains se rejoignirent autour de son cou et tout s'enchaîna ensuite comme un ballet bien réglé. Je me laissai tomber sur elle pour l'empêcher de se sauver. Elle cria et mes mains serrèrent pour la faire taire.

Nous luttâmes ainsi pendant un moment qui me parut une éternité. J'étais affolé. Louise était devenue un danger qu'il me fallait neutraliser. À aucun moment, je n'eus vraiment envie de la tuer, mais lorsque je compris qu'elle était morte, étranglée, que je l'avais assassinée, un grand soulagement m'envahit. Je m'assis au bord du lit, à côté du cadavre, et je restai là de longues minutes, à regarder mes mains, apaisé, sans remords, sans regrets.

Puis je me redressai, de nouveau lucide. Je n'avais laissé mes empreintes nulle part et, pour sortir, je rouvris la porte à l'aide de mon mouchoir. Dans la rue, tout était tranquille. Le chat noir, toujours au même endroit, me regarda m'éloigner ; mais celui-là, j'étais sûr qu'il ne parlerait pas.

Je regagnai Old Brompton Road et entrai dans la première cabine téléphonique qui se trouva sur mon chemin. Mais je n'avais pas assez de monnaie et je dus aller en chercher dans un magasin voisin. Lorsque je revins, une grosse femme occupait la place et je dus attendre un bon moment.

J'étais calme et il y avait en moi comme un grand vide, comme une anesthésie. Je savais exactement ce que je devais faire et pourquoi je devais le faire, mais je n'éprouvais plus rien, ni colère, ni angoisse.

Je pus enfin téléphoner et appelai en premier la librairie des Butler. Ce fut Thomas qui me répondit.

— Allô, dis-je, ici David.

David était mon nom de code dans le réseau.

— Je vous écoute, répliqua Thomas.

— Votre tante Catherine m'a chargé de vous dire qu'elle arrivait ce soir.

C'était la phrase convenue en cas de menace grave et urgente contre le réseau. Une phrase qui devait déclencher aussitôt des mesures de destruction et de sauvegarde. Thomas resta silencieux quelques secondes, puis me répondit d'une voix altérée :

— Très bien, je vous remercie, David. Nous allons prendre les dispositions nécessaires.

— Bonne chance, ajoutai-je en raccrochant.

Je remis le nombre de pièces nécessaire dans la fente et formai le numéro de l'ambassade d'URSS... On me répondit aussitôt. Gregory Krichkine n'était pas dans son bureau, mais un de ses collègues me demanda s'il y avait un message.

— Oui, répondis-je. De la part de David... Dites-lui que sa tante Catherine arrive ce soir. Prévenez-le le plus vite possible.

Je raccrochai et ressortis. Il m'était difficile de prévenir Milligan à Portland. De toute façon Milligan ne faisait pas partie des cadres permanents du GRU, il ne connaissait que moi et ce qu'il savait sur le fonctionnement du réseau pouvait tenir en cinq lignes.

Il ne pouvait plus être question pour moi de retourner à mon domicile, ni à mon bureau. Il me fallait tout abandonner. Mais je savais où me réfugier, et je savais aussi que si tout allait bien, je ne tarderais pas à quitter la Grande-Bretagne et à voguer vers Gdynia.

Si tout allait bien.

12

Suite du récit d'Hubert Bonisseur de la Bath, alias *OSS 117.*

Il y avait de l'orage dans l'air. Je venais d'entrer dans le bureau de Colin Arbuckle, où Linda m'avait précédé pour faire son rapport. Le déjeuner au Scott avait nettement amélioré mes relations avec la jeune femme, au point qu'elle m'avait proposé, sans grande conviction toutefois, de ne pas préciser à son chef que le coup de pied qu'elle avait reçu dans la cheville lui avait été donné par Louise Maclay, qui se trouvait en ma compagnie. Je l'en avais dissuadée. Cela lui aurait donné barre sur moi. Et lorsque j'ai des cachotteries à faire, je les fais tout seul, sans complicités extérieures. C'est plus sûr.

Colin Arbuckle était rouge et ses yeux exprimaient nettement ce qu'il pensait de moi. Il me présenta son adjoint, Peter Burnett. Linda s'était retirée dans un coin et se faisait toute petite. L'orage éclata.

Je consultai ma montre au début et à la fin. Cela dura exactement douze minutes et je doute encore que Colin Arbuckle ait jamais fait un aussi long discours.

Il me reprocha d'avoir contacté le Piccadilly Social Appointments à son insu, d'avoir volontairement poussé Linda Clark à entraîner Harold Ellis au Cabaret dans le dessein de provoquer un incident ; enfin, d'être responsable de la mort de Tony, un des meilleurs spécialistes du MI5. Il me donna ensuite son opinion sur les Américains en général et sur moi en particulier ; il n'oublia même pas de mentionner mes origines françaises, ce qui était pour lui, de toute évidence, une tare rédhibitoire.

Je pris bien garde de ne pas l'interrompre une seule fois. Lorsqu'il s'arrêta, à bout de souffle, au bord de l'apoplexie, la coupe était pleine et débordait depuis longtemps.

— C'est tout ? questionnai-je doucement.

Il ne répondit pas. Ses mains tremblaient. Je me tournai vers Burnett, qui était d'une pâleur de cire, et lui demandai d'un ton glacé :

— Je suppose qu'il existe dans cette maison une salle d'entraînement ?... Avez-vous un tapis, ou un ring ?

Il resta bouche bée, image vivante de l'incompréhension, puis comprit soudain.

— Vous voulez vous battre ?

Je pointai mon index vers Colin Arbuckle.

— Ce braillard qui se prend pour un gentleman et qui n'en est pas un vient de m'insulter gravement. Je ne veux pas lui faire l'injure de penser qu'il l'a fait en se croyant assuré de l'impunité parce qu'il se trouve chez lui, dans son bureau, dans son pays, et que je suis seul et étranger.

Colin Arbuckle avait cessé de respirer. Nos regards s'affrontèrent un court instant. Puis il souffla bruyamment.

— *Damn'd!* jura-t-il. Je ne suis pas un lâche et je vais vous flanquer une correction dont vous vous souviendrez longtemps !

*

Dix minutes plus tard, nous étions de retour dans le bureau, Linda Clark, Peter Burnett et moi. Nous nous assîmes et restâmes silencieux. De temps à autre, je surprenais le regard de Linda posé sur moi, qui se dérobait aussitôt.

Un quart d'heure s'écoula, puis Colin P. Arbuckle nous rejoignit. Il avait le visage couvert de pansements et on ne voyait plus guère que son œil gauche. Son bras gauche était retenu par une écharpe et sa main droite s'appuyait sur une canne. Il boitait bas, mais j'eus l'impression que son œil riait.

— Vous êtes un fameux combattant, me dit-il. Je n'avais pas reçu une correction pareille depuis le collège. *Damn'd!* Je me sens tout rajeuni.

Il m'avait obligé, en refusant la reddition jusqu'au KO, à dépasser un peu la mesure et j'étais assez inquiet.

— Rien de cassé ? m'enquis-je.

— Non, rassurez-vous. Une épaule démise, un genou déboîté, trois côtes luxées, une arcade sourcilière ouverte et quelques broutilles…

Il se traîna en grimaçant vers son bureau et se laissa glisser dans son fauteuil. Sa canne lui échappa et tomba bruyamment sur le parquet. Burnett se précipita pour la ramasser.

— Le toubib m'a bourré d'aspirine, continua Colin Arbuckle en écartant de sa main libre des papiers posés devant lui. Ça va.

Il devait quand même souffrir passablement.

— Je suis navré, dis-je.

— N'en parlons plus, répliqua-t-il presque gaiement. Cela m'apprendra qu'un vrai gentleman ne doit jamais se laisser emporter par la colère. C'est une excellente leçon.

Il était beau joueur, et ceci, ajouté au courage physique dont il avait fait preuve sur le tapis, me le rendait maintenant sympathique.

— J'espère qu'il n'y aura plus de différend entre nous, repris-je.

Il grimaça et dit avec une conviction pleine d'humour :

— Je l'espère aussi. Sincèrement… Bon, ne perdons pas davantage de temps. Vous aviez sûrement des choses pas très agréables à me dire. Allez-y.

J'étais maintenant enclin à l'indulgence, mais je compris que si je le ménageais, il prendrait cela pour de la pitié et qu'il en serait profondément blessé.

— D'accord, ripostai-je. Tout d'abord, permettez-moi de vous dire que vous avez eu tort de ne pas me prévenir de l'opération projetée au domicile de Harold Ellis, et surtout de ne pas mettre Mlle Clark dans le coup. Elle aurait pu retenir Ellis éloigné de chez lui aussi longtemps qu'il le fallait.

— J'avoue, dit-il. Je vais même vous informer de ce que je suis allé faire à Portland… J'ai mis Rose Darracott dans le coup, comme vous dites. Il était évident qu'elle croyait travailler pour des alliés de son pays et non pour des adversaires… Tout a bien marché.

J'étais accablé.

— Rien ne nous permet de croire, hasardai-je, que Lewis Milligan ait commis la même erreur.

— Je lui ai fait promettre de ne rien dire à Milligan.

Je ne pus m'empêcher de lever les yeux au ciel.

— Vous êtes vraiment d'une ingénuité peu commune, mon cher Colin. Milligan est son fiancé et elle doit en être amoureuse. Elle voudra donc le sauver avec elle…

— Certainement, intervint Linda.

Arbuckle nous regarda l'un après l'autre, très inquiet.

— Vous croyez ?

Il consulta son adjoint.

— Burnett ?

L'autre répondit d'un haussement d'épaules prudent, mais suffisamment éloquent. Colin Arbuckle baissa la tête.

— C'est une rude journée, murmura-t-il. Mais j'espère tout de même que cette femme vous donnera tort à tous.

Le téléphone sonna. Il décrocha, dit allô, écouta longuement, puis raccrocha d'un geste las.

— C'est l'équipe de Plymouth, annonça-t-il. Lewis Milligan a quitté la base en voiture, il a essayé sans succès de téléphoner au Piccadilly Social Appointments, puis à l'appartement d'Ellis. Il roule en ce moment vers Londres.

Il y eut un silence.

— L'alerte va bientôt être donnée, dis-je. À ce propos, je vous suggère d'aller cueillir immédiatement Louise Maclay chez elle. J'ai cru comprendre qu'elle était prête à tout lâcher. En tout cas, elle en a informé Ellis ce matin. Je pense que vous pourrez facilement lui faire vider son sac, et une cellule de prison aux murs bien solides est probablement ce qui convient le mieux pour l'instant à sa santé. Je vous demande seulement de ne pas lui parler de moi…

Colin Arbuckle me regarda encore quelques secondes, puis dit à Burnett de donner les ordres nécessaires.

Burnett sortit aussitôt. Le téléphone sonna de nouveau. Arbuckle décrocha de sa main valide.

— Allô…

À en juger par l'expression de son œil, les nouvelles n'étaient pas bonnes. Quand il eut raccroché, il toussota et dit :

— Ça continue. Ellis s'est aperçu qu'il était filé et il a réussi à semer son escorte. Il ne s'est pas présenté à Scotland Yard à une heure et demie, où on l'attendait pour lui faire signer des procès-verbaux d'audition sur l'incident de cette nuit. Mes agents n'ont pas pu retrouver sa trace. Mais les écoutes téléphoniques ont intercepté deux appels, dont il pourrait être l'auteur. Le premier adressé aux époux Butler, l'autre à Krichkine, à l'ambassade soviétique. Les deux fois, la même phrase a été prononcée : la tante Catherine arrive ce soir.

— C'est sûrement une phrase clé pour donner l'alerte, dis-je.

— Je le pense aussi.

Pour la troisième fois, le téléphone… Arbuckle répéta les mêmes gestes.

— Thomas Butler vient de prendre le métro pour se rendre vraisemblablement à Ruislip, annonça-t-il après avoir reposé l'appareil sur son berceau.

Burnett revint. Arbuckle répéta les dernières informations pour lui.

— La situation est claire, intervins-je. L'hallali est sonné, il faut ramasser tout le monde.

Arbuckle se mit aussitôt en rapport avec la *Special Branch* de Scotland Yard. Il demanda qu'une voiture soit envoyée à Ruislip avec le nombre d'hommes nécessaire et un mandat de perquisition. Une autre équipe devait se rendre à la librairie du Strand pour arrêter Mme Butler et perquisitionner. Les mêmes instructions furent données concernant Harold Ellis, son bureau de Wardour Street et son appartement d'Outer Circle.

Le cas de Gregory Krichkine était plus délicat. Il possédait un passeport diplomatique qui lui assurait en principe l'immunité, mais l'on pouvait sûrement obtenir un mandat pour fouiller son logement de Lancaster Road. De toute façon, il fallait faire l'impossible pour obtenir de ses complices, dès qu'ils seraient arrêtés, des accusations précises contre lui.

Arbuckle prit encore des dispositions pour que la surveillance exercée sur Lewis Milligan fût poursuivie aussi longtemps qu'il ne l'aurait pas décelée. On espérait ainsi le prendre sur le fait lorsqu'il récupérerait le magot de la trahison, car cela serait sûrement son premier souci... Une souricière devait être tendue au domicile de sa mère.

Nous examinâmes ensuite les possibilités d'évasion du territoire britannique offertes aux hommes que nous pourchassions.

— Ils se sauvent habituellement par bateau, expliqua Colin Arbuckle. En 1952, déjà, un secrétaire de l'ambassade de l'URSS, convaincu d'espionnage, s'est échappé sur le *Jaroslav Dabrouski*, un cargo polonais de trois mille deux cents tonnes dont le port d'attache est Gdynia. En 1954, sur ce même cargo, les marins ont lancé de l'eau bouillante sur les policiers qui poursuivaient un Polonais réfugié à bord. Cette même année, un Britannique, qui espionnait pour le compte des Russes, est également parti à bord du *Dabrouski*. Nous sommes à peu près certains que ce cargo sert au ravitaillement en hommes et en matériel des réseaux d'espionnage soviétiques en Grande-Bretagne. D'autres bateaux de l'Est sont sûrement dans le coup : le *Pravda*, le *Kowel*, l'*Otto Schmidt*... Burnett, appelez donc l'Amirauté pour savoir lequel de ces pirates se trouve actuellement dans la Tamise.

Burnett décrocha le téléphone. Nous restâmes silencieux pendant qu'il parlait. Je me retournai pour regarder Linda. Elle me sourit et je lui rendis son sourire. J'avais craint que mon « duel » avec Colin ne m'ait définitivement coulé dans son esprit. Je n'avais oublié qu'une chose : chez les hommes comme chez les animaux, la femelle suit toujours le mâle qui a battu les autres. Enfin, presque toujours…

Burnett raccrocha.

— Le *Jaroslav Dabrouski* est arrivé ce matin, annonça-t-il, avec une maigre cargaison de deux cents tonnes. Il est ancré sur la rive sud, en amont immédiat du pont de la Tour.

— Eh bien, dit Arbuckle, il faut immédiatement tendre un filet tout autour, y compris, et surtout, sur l'eau, dès que la nuit tombera…

La sonnerie du téléphone l'interrompit. Sur un signe de son chef, Burnett décrocha et nous le vîmes pâlir. Il remercia, raccrocha et nous regarda tous l'un après l'autre, avant de dire :

— Louise Maclay est morte, assassinée. On l'a trouvée étranglée sur son lit…

Je crois bien que je me mis à jurer.

*

À six heures, la situation pouvait se résumer ainsi :

Thomas Butler avait été arrêté dans sa maison de campagne de Ruislip, où un très important matériel avait été saisi, comprenant notamment un poste émetteur-récepteur, des appareils de prise de vues et de réduction photographique pour fabriquer les micro-points, un code secret, un carnet dans lequel étaient notés différents renseignements concernant les transmissions radio, etc.

Jane Butler avait été arrêtée dans sa librairie, et on avait trouvé dans l'appartement, au-dessus, une somme d'argent considérable, ainsi que deux passeports néo-zélandais, avec les photographies des Butler libellées à un autre nom.

Lewis Milligan n'était pas encore arrivé à Londres. Les agents du MI5 chargés de sa filature gardaient le contact et la souricière était en place, au domicile de sa mère.

Un ordre d'arrestation concernant Rose Darracott avait été envoyé à Plymouth, exécutable immédiatement.

Gregory Krichkine était toujours à l'ambassade. Des agents attendaient sa sortie.

Harold Ellis restait introuvable. Des perquisitions se poursuivaient à son bureau et à son domicile.

Enfin, on avait la traduction des documents photocopiés et remis dans la voiture d'Ellis, au cours de la nuit précédente. Il s'agissait de lettres écrites en russe, datées de Moscou. Ces lettres, signées « Galina », étaient celles d'une épouse à un mari dont elle était depuis longtemps séparée. Elle donnait des nouvelles de deux enfants, des garçons, étudiants à l'Université de Moscou, et souhaitait que toute la famille fût enfin réunie pour le prochain 1er mai.

Elles confirmaient les soupçons de la police canadienne, qui avait pensé que l'homme venu quelques années plus tôt, à Honfleur, se faire reconnaître comme Harold Thomas Ellis, était en réalité un agent secret soviétique.

À sept heures, nous partîmes pour l'East End. Le bouclage des docks de Londres était en cours dans un rayon de trois cents mètres autour du *Jaroslav Dabrouski*. Linda Clark nous quitta pour rentrer chez elle. Il n'y avait aucune place pour elle dans ce qui allait suivre.

Du moins le croyions-nous.

13

Suite du récit de Harold T. Ellis.

Quelques mois plus tôt, par personne interposée, nous avions loué le Shibboleth Wharf, un entrepôt muni d'un quai d'embarquement dont les fondations baignaient dans les eaux boueuses de la Tamise, et qui se trouvait situé sur la rive sud, entre le pont de Londres et le pont de la Tour.

Nous y avions garé deux camionnettes, deux canots munis de moteurs hors-bord, plus quelques armes et différents accessoires.

Ce fut là que je me rendis après avoir alerté les Butler et Krichkine. Je passai une partie de l'après-midi à écouter la radio à bord d'une des camionnettes ; mais, évidemment, aucune information n'avait encore filtré concernant notre affaire.

Vers six heures et demie, à travers les vitres sales d'une fenêtre poussiéreuse, je vis le brouillard se lever sur la Tamise, et s'épaissir rapidement. Cela me réjouit, les Butler et Krichkine, qui devaient être surveillés comme je l'avais été, auraient plus de facilités pour briser les filatures avant de venir me rejoindre.

Je décidai aussitôt d'aller faire une reconnaissance dans le quartier. Il y avait un stock de vieux vêtements dans un placard, et je troquai mon costume contre une vieille salopette très sale, et mes chaussures contre des sandales éculées. J'enfilai par-dessus la salopette un vieux blouson de cuir qui avait dû connaître des jours meilleurs, pris un peu d'argent et un mouchoir, laissant mes papiers d'identité, et quittai l'entrepôt.

Je rejoignis Tooley Street et tournai à gauche, en direction de Bridge Road. La brume permettait encore de voir à une centaine de mètres. Lorsque j'aperçus la première voiture-radio de la police, dans Morgans Lane, je crus d'abord que c'était une voiture de livraison ; mais il y avait la même dans Braidwood, et dans Abbots Lane. Je continuai jusqu'au Saint Olave's Grammatical College for Boys. Un car était stationné à l'angle de Fair Street et je savais maintenant que toutes les ruelles conduisant à la Tamise, en amont de Tower Bridge, étaient bouclées.

Cela me fit froid dans le dos. Ainsi, les Anglais avaient deviné que nous essaierions de fuir à bord du *Jaroslav Dabrouski*, et ils avaient pris des dispositions pour nous empêcher d'arriver au bateau. Il me fallait encore savoir autre chose, vérifier s'ils avaient ou non pensé à l'accès côté eau. J'entrai dans un bistrot de dockers, où dominaient les Antillais. Quelques Maltais jouaient aux dés sur le comptoir. Des marins discutaient de l'investissement du quartier par la police.

– Vous êtes au courant de ce qui se passe ? questionnai-je.

– C'est encore sûrement pour ce putain de cargo polonais, répliqua l'un d'eux.

– Ils ont même ancré des vedettes autour, sur la Tamise, dit un autre. Un vrai siège.

J'allais poser d'autres questions, mais le regard du premier s'était fixé sur mes mains blanches et trop soignées. Son visage se ferma, et il repoussa ses copains d'un geste large du bras.

— Vos gueules, tous tant que vous êtes. Ces histoires-là, ça ne nous regarde pas.

Je bus une bière, payai et ressortis. C'était idiot de n'avoir pas pensé à me noircir les mains. Il suffit souvent d'un simple détail comme celui-là pour faire toute la différence entre la liberté et la prison, entre la vie et la mort. Je mis mes mains dans mes poches et remontai Tooley Street. Le brouillard devenait plus dense, et la nuit tombait. Les réverbères allumés ressemblaient à des boules de coton jaune phosphorescent, suspendues au-dessus de la chaussée. Je vis passer lentement une voiture-gonio. Peut-être avaient-ils décelé des contacts radio entre le *Dabrouski* et l'ambassade.

Je parvins à regagner l'entrepôt sans ennuis. Ni les Butler ni les Krichkine n'étaient là, et je commençais à m'inquiéter. D'autre part, il me fallait trouver une solution pour franchir le barrage. J'avais le temps, car nous avions toute la nuit devant nous pour joindre le bateau.

L'idée me vint quelques minutes plus tard, cependant que j'écoutais de nouveau la radio dans l'obscurité : enlever Linda Clark et la garder comme otage jusqu'à ce que nous soyons sortis des eaux territoriales britanniques.

J'allai tirer de la cachette aux armes un Beretta Cougar 380, dont le museau court me plaisait, et le mis dans la poche de poitrine de la salopette, sous le blouson. Puis je sortis une camionnette de l'entrepôt, refermai soigneusement les portes, et repris le volant. Avec ce brouillard, et à cette heure-là, j'en avais bien pour trois quarts d'heure jusqu'à Leicester Square ; mais je n'étais pas pressé. J'étais même résolu à ne prendre aucun risque, à observer scrupuleusement le code de la circulation.

*

Suite du récit de Linda Bush, dite Clark.

J'avais pris le métro pour retourner à l'appartement de Planton Street. Pour moi, l'affaire était terminée. Il ne me restait plus qu'à faire mes valises pour rentrer chez moi, Old Bond Street, abandonner Linda Clark pour retrouver Linda Bush.

J'aurais dû être contente. En fait, j'étais plutôt angoissée. Je respirais mal et j'avais les nerfs à fleur de peau. Le brouillard naissant y était sans doute pour quelque chose, mais il ne suffisait pas à tout expliquer.

Je pensais beaucoup à Hubert, je l'appelais ainsi depuis que nous avions déjeuné ensemble au Scott, j'y pensais même beaucoup trop. Je n'avais pu m'empêcher d'éprouver un plaisir malsain lorsqu'il avait corrigé Colin. C'était vraiment un homme extraordinaire qui possédait la souplesse, la puissance et la fulgurante rapidité de mouvements des grands félins. Un tigre, voilà ce qu'il était. On avait à la fois peur de lui et envie de le caresser.

Mon imagination s'enflammait. J'étais à peu près certaine qu'il avait fait l'amour avec Louise Maclay et j'avais ressenti comme un pincement au cœur à l'instant où je l'avais compris ; mais, maintenant, Louise Maclay était morte et cela n'avait plus d'importance.

Je sortis du métro à Piccadilly Circus et descendis Haymarket en direction de Planton Street. Le brouillard s'était épaissi et la nuit tombait vite. Les gens se hâtaient sur les trottoirs alors que les voitures, au contraire, roulaient avec une lenteur inhabituelle.

L'idée me vint brusquement que si je quittais Planton Street, Hubert ne saurait plus où me retrouver. Colin ne lui donnerait sûrement pas ma véritable adresse, ni mon numéro de téléphone. Cela me fit un curieux effet. J'avais envie de le revoir. Peut-être pouvais-je attendre jusqu'au lendemain pour déménager ?

Cela me répugnait. Une force irraisonnée me poussait à rentrer chez moi sans plus attendre ; j'avais besoin de me retrouver dans mon cadre habituel.

La solution m'apparut alors que j'étais dans l'escalier. Il me suffisait d'envoyer un mot à Hubert, au Westbury, pour le remercier des fleurs qu'il m'avait envoyées… Mon adresse et mon numéro de téléphone étant gravés sur mon papier à lettres, il saurait comment s'y prendre s'il avait envie de me revoir.

*

Il y avait un gros paquet devant la porte de l'appartement. Encore des fleurs, deux douzaines de roses rouges, avec ces quelques mots : « Que ces pétales soient doux à votre cheville blessée », et une signature : « Hube. »

Mon cœur battait. Quand un homme envoie chaque jour deux douzaines de roses rouges à une femme, cela signifie quelque chose, non ?

J'entrai à reculons avec le bouquet dans les bras, repoussai la porte avec le pied, actionnai l'interrupteur avec mon coude. Je posai les fleurs sur le bahut de l'entrée et passai dans la chambre pour faire mes valises.

J'avais presque fini lorsque le téléphone sonna. Je crus que c'était Hubert et le sang se mit à circuler plus vite dans mes veines.

— Allô ? fis-je en décrochant.

Silence. Le téléphone était-il détraqué ? La sonnerie s'était-elle déclenchée toute seule ? Ce sont des choses qui arrivent. Mais il n'y avait pas de tonalité et j'étais donc bien en communication avec un autre poste.

— Allô ? répétai-je. J'écoute…

Il me sembla entendre le souffle d'une respiration. Une boule d'angoisse se forma soudain au creux de mon estomac.

— Allô ? repris-je un ton plus haut. Cessez cette comédie, qui êtes-vous ?

Il y eut un déclic, puis la tonalité. Mon correspondant inconnu avait raccroché sans avoir prononcé un mot. Je reposai l'appareil sur son berceau. Sans compter les gens du service qui ne se seraient jamais livrés à pareille plaisanterie, deux personnes seulement connaissaient ce numéro : Harold Ellis et Hubert Bonisseur de la Bath.

Hubert ne m'aurait pas fait ça. Il avait plutôt tendance à en dire trop que pas assez. Restait Harold Ellis. Et ça, ce n'était pas rassurant.

J'eus envie de téléphoner au service pour les mettre au courant et demander une protection. Puis mon amour-propre joua. Dans ce métier, qui est avant tout un métier d'homme, les femmes ont beaucoup de mal à se faire respecter. Si j'appelais au secours pour une menace aussi ténue, mes collègues mâles en feraient des gorges chaudes ; et cela me serait insupportable.

Je terminai rapidement mes valises, puis repris le téléphone pour demander un radio-taxi à Terminus 8 800. L'employée m'indiqua cinq minutes d'attente.

Je portai les valises dans le vestibule, éteignis les lumières et allai ouvrir une fenêtre sur la rue pour regarder en bas. Le brouillard était maintenant si épais qu'en dehors des cônes de lumière jaune qui tombaient des réverbères, on ne voyait plus rien.

Je vis tout de même arriver le taxi qui s'arrêta juste en bas, en double file. Je refermai vivement la fenêtre et regagnai le vestibule à tâtons. Je me cognai le tibia dans une valise en cherchant l'interrupteur, ce qui me fit lâcher un juron. Je pus enfin allumer, ouvrir la porte et tirer les valises sur le palier.

Je revins chercher le bouquet de roses, tirai la porte et descendis après avoir éclairé l'escalier. Le chauffeur du taxi était dans l'entrée de l'immeuble.

— C'est moi qui vous ai appelé, dis-je. Seriez-vous assez aimable pour monter au quatrième étage chercher mes valises ? Elles sont trop lourdes pour moi et je vous en serai reconnaissante.

C'était un petit homme d'une cinquantaine d'années, avec une énorme moustache rousse en guidon de bicyclette. Il s'inclina galamment et me répondit :

— Pour une aussi jolie fille, je monterais bien jusqu'au sommet de l'Himalaya !

Il exagérait certainement, mais c'était tout de même agréable à entendre.

— Je vole, ajouta-t-il. Installez-vous dans la voiture.

Il se lança en courant à l'assaut de l'escalier. Je sortis sur le trottoir, encombrée par le bouquet de roses. Je vis approcher un homme en salopette et blouson de cuir.

— Voulez-vous que je vous aide ? proposa-t-il.

Je reconnus la voix avant le visage et mon sang se glaça.

— Si vous faites quoi que ce soit, ajouta-t-il très vite, je vous tue.

Je vis dans sa main droite un automatique chromé à canon court. J'étais paralysée.

— Suivez-moi, ordonna-t-il. Si vous m'obéissez, je vous promets qu'il ne vous sera fait aucun mal. J'ai simplement besoin de vous comme otage.

Il passa derrière moi et me poussa, avec mon bouquet, vers une camionnette en stationnement dix mètres plus haut, vers le square. Une voiture passa lentement, ses pneus chuintant sur la chaussée humide. Aucun piéton en vue. D'ailleurs, qu'aurais-je pu faire ? Ellis pouvait facilement m'abattre et se perdre ensuite dans le brouillard en moins de quelques secondes.

— Êtes-vous devenu fou ? réussis-je à dire.

Il ne prit même pas la peine de répondre. Il savait ce qu'il faisait et il le faisait vite. Il me fit descendre du trottoir derrière la camionnette, ouvrit les portes.

— Montez.

Il m'arracha le bouquet des mains et le jeta dans la voiture. Puis il me souleva et me fit suivre le même chemin. Ma cheville, encore douloureuse de la veille, heurta le bord du plancher et je ne pus m'empêcher de crier.

— Fermez-la !

Il me donna une dernière poussée et claqua les portières. J'étais dans le noir, assise sur ce qui me parut être au toucher des sacs de toile. D'une main prudente, je tâtai autour de moi et sentis bientôt craquer sous mes doigts le papier transparent qui enveloppait les roses…

J'entendis Ellis monter devant et actionner le démarreur. Il manœuvra pour se dégager du trottoir et démarra lentement. Je pensai stupidement à la tête du chauffeur de taxi qui allait se retrouver seul avec mes valises. Puis je tirai vers moi le bouquet, la seule chose à quoi je pouvais encore me raccrocher…

14

Mon nom est Gregory Krichkine. Je suis un officier de renseignements, colonel au GRU, et j'occupais alors un poste de second secrétaire à notre ambassade à Londres. Simple « couverture[1] », comme disent les Occidentaux, qui me permettait de diriger nos réseaux sur le territoire britannique.

Des journées comme celle-là, j'en avais déjà connu d'autres, en divers points du globe ; des journées où le résultat d'un travail lent et laborieux de plusieurs mois, quelquefois de plusieurs années, se trouve brusquement réduit à néant, simplement parce qu'un maillon de la chaîne a cédé et que le contre-espionnage adverse a enfoncé un coin dans la cassure.

Un bon directeur de réseau doit prévoir cela et tenir prêt en permanence un dispositif capable d'assurer à n'importe quel moment la fuite des membres les plus importants de l'organisation. La présence dans le port de Londres d'un des cargos soviétiques, polonais ou est-allemands qui s'y relayaient en permanence, l'un arrivant lorsque l'autre partait, constituait l'élément essentiel de mon dispositif ; un autre élément étant

1. Les services spéciaux soviétiques appellent cela un « toit ».

la location du Shibboleth Wharf qui nous assurait un accès direct sur le fleuve dans le quartier des docks. Le moyen le plus sûr de gagner le bateau sauveur était en effet de l'aborder discrètement par la voie fluviale en pleine nuit.

J'espérais que les Butler et Ellis avaient pu gagner l'entrepôt sans ennuis. J'ignorais tout de ce qui s'était passé. Je savais seulement que la phrase code qui m'avait été transmise signifiait : tout est découvert. Sauve qui peut !

Bien sûr, j'aurais pu rester. Ellis et les Butler risquaient quatorze ans de prison. Moi, j'étais protégé par mon passeport diplomatique, et les autorités britanniques se contenteraient probablement de m'expulser. Mais les instructions du Centre étaient formelles : éviter à tout prix de se faire prendre. Une expulsion, les journaux en parlent et il s'ensuit une publicité désagréable. Alors qu'une évasion, la police la cache pour ne pas se l'entendre reprocher.

Je devais donc moi aussi gagner le *Jaroslav Dabrouski* en passant par notre entrepôt. Mais ce n'était pas simple. J'avais envoyé deux fonctionnaires subalternes de l'ambassade, affectés à mon service, explorer les environs immédiats. Ils n'avaient eu aucune peine à découvrir les deux voitures-radio chargées de policiers, l'une du côté de Bayswater, l'autre de High Street Kensington.

Ces gens-là devaient avoir mon signalement et sûrement le numéro et la marque de ma voiture. Je fis donc venir un de mes collaborateurs, qui avait la même taille et sensiblement la même allure que moi, et je lui expliquai ce que j'attendais de lui. La nuit venue, et le brouillard s'étant épaissi, il mit mon manteau et mon chapeau, et sortit pour aller prendre ma voiture dans la cour. Le grand portail fut ouvert précipitamment et le faux Krichkine démarra en trombe.

Trente secondes plus tard, je fus informé que le piège avait fonctionné et que les deux voitures de police étaient parties sur les traces du leurre. Mon collaborateur avait ordre de les emmener jusqu'à mon appartement de Lancaster Street. Si les policiers l'interpellaient alors, ils ne trouveraient aucun papier sur lui. Il devait s'arranger pour faire durer le quiproquo aussi longtemps que possible.

Quelques minutes après ce départ, je pris place discrètement dans le compartiment arrière d'une fourgonnette tôlée utilisée pour le ravitaillement de l'ambassade. Les portes furent refermées sur moi. Les deux hommes qui avaient décelé la surveillance policière dans la rue montèrent devant, l'un d'eux au volant. Et nous sortîmes très tranquillement, sans hâte, mes deux aides s'offrant même le luxe de bavarder un peu au passage avec le concierge.

À peine roulions-nous que j'ouvris un étroit judas dans le battant de gauche et me mis à surveiller nos arrières. Le brouillard était d'ailleurs devenu si épais que l'on ne distinguait pas les phares d'une voiture à plus de trente mètres...

*

Suite du récit de Harold T. Ellis.

Il était neuf heures un quart lorsque je retrouvai Tooley Street, après m'être perdu à deux ou trois reprises. Cette fois, il n'y avait plus de doute, c'était vraiment le *fog*, épais, à couper au couteau.

Il me fallut encore dix minutes pour retrouver l'entrée de l'entrepôt. Je descendis ouvrir le portail, fis entrer la camionnette et refermai. Après quoi, j'allai me placer dans la lumière des phares pour me faire voir. Personne ne se manifesta. Ni les Butler ni Krichkine n'étaient arrivés. L'inquiétude s'empara de moi.

Je pris une lampe de poche dans la boîte à gants et allai ouvrir l'arrière de la camionnette. Aveuglée par la lumière de la lampe, Linda Clark se protégea les yeux avec sa main. Elle était assise, les jambes repliées de côté, son bouquet de roses sur les genoux. Toujours très belle.

Toujours très belle… Mais je n'étais plus sensible à son charme. Je lui en voulais de m'avoir berné et je n'aurais pas hésité à me venger sans plus attendre si les circonstances avaient été différentes. Mais j'avais besoin d'elle et mieux valait la rassurer pour l'empêcher de faire des bêtises.

— Je suis navré de vous imposer ce traitement, dis-je avec une courtoisie toute britannique. Si vous êtes raisonnable, tout se passera bien et demain vous serez rentrée chez vous.

— Expliquez-vous, répliqua-t-elle sèchement.

— J'ai besoin de quitter rapidement ce pays, répondis-je. Je vais le faire à bord d'un cargo qui est actuellement ancré tout près d'ici. La police le sait et elle peut monter à bord pour essayer de me reprendre… Afin d'éviter cela, nous allons leur proposer un marché : votre vie contre ma liberté. S'ils me laissent partir, vous serez rendue demain dès que nous aurons franchi la limite des eaux territoriales.

En réalité, j'espérais bien ne pas la rendre. Outre les renseignements qu'elle pourrait nous fournir sur le fonctionnement du contre-espionnage britannique, j'envisageais avec plaisir de m'occuper moi-même à Moscou de lui laver le cerveau après lui avoir rasé le crâne. C'était stupide, mais je la considérais un peu comme une sorte de Samson femelle, dont toute la puissance aurait tenu dans sa flamboyante chevelure rousse.

— Je peux fumer ? demanda-t-elle.

Elle avait déjà la main sur le fermoir de son sac et je réalisai alors quelle imprudence j'avais commise en lui laissant ce sac et à ce qui serait arrivé maintenant si elle avait été armée.

— Montrez-moi ça, ordonnai-je.

Elle me tendit le sac, avec la remarque qui s'imposait :

— Il est bien temps !

Je pris le sac et le fouillai. Il ne contenait rien de dangereux, excepté le briquet.

— Vous ne fumerez pas, décidai-je. D'ailleurs, c'est interdit.

— Par qui ?

— Par Scotland Yard. Je peux vous montrer les pancartes.

— Tant pis, rétorqua-t-elle en arrangeant les roses sur ses genoux.

Elle s'était ressaisie et réussissait parfaitement à faire bonne figure.

— Quand partons-nous pour cette croisière ? demanda-t-elle d'un ton désinvolte.

— Bientôt... Nous attendons encore quelques invités.

— Ah oui ?... J'ai peur qu'ils ne viennent pas.

Elle affichait un air d'en savoir long qui me donna de l'angoisse.

— Que voulez-vous dire ?

Une expression angélique éclaira soudain son joli visage.

— Moi ?… Rien… Absolument rien.

Elle essayait visiblement de me faire marcher, mais je n'étais pas décidé à la suivre. Tout de même…

*

Suite du récit d'Hubert Bonisseur de la Bath.

Les hommes de la *Special Branch* de Scotland Yard avaient installé leur PC dans un car-radio stationné devant le Saint Olave's Grammatical College for Boys, sur la pointe du « V » que forme à cet endroit la jonction de Fair Street et de Tooley Street. Ce fut là que Burnett, Arbuckle et moi les rejoignîmes un peu après sept heures, alors que le brouillard commençait à se former.

L'inspecteur principal Steve Lorimer dirigeait les opérations. C'était un homme de quarante-cinq ans environ, gras et rose, avec des cheveux jaune paille soigneusement plaqués. Il fumait la pipe et s'exprimait de préférence par des onomatopées dont ses collaborateurs paraissaient comprendre la signification ; à moins qu'ils ne fissent semblant.

Il fit pourtant un effort dès notre arrivée pour nous expliquer la situation en s'aidant d'un plan agrandi du quartier, fixé avec des punaises sur un panneau d'isorel mou.

— Ici, le pont de la Tour… Le *Jaroslav Dabrouski* est amarré sur cette jetée, la plus proche du pont… Nous sommes ici, à deux cent cinquante mètres à vol d'oiseau de ce sacré cargo… Entre Morgans Lane et Bridge Road, tous les accès au quai sont contrôlés par mes hommes… Côté eau, nous avons ancré cinq canots à moteur autour du bateau, à moins de dix mètres.

Chacun de ces canots est muni d'un appareil optique à infrarouges qui permet de distinguer à plus de cent mètres. Certains possèdent aussi un appareil d'écoute aquatique capable de déceler l'approche d'un nageur... Si le gibier passe à travers, je veux bien donner ma démission.

— Ne vous engagez pas trop, riposta Colin Arbuckle. Ils sont malins comme des singes et ils savent que nous leur avons tendu un piège.

L'attente commença. Depuis la fin de l'après-midi, un des techniciens radio présents dans le car avait pu capter de nombreux messages lancés sur une des fréquences indiquées dans le carnet saisi chez Thomas Butler. Les voitures-gonio aussitôt lâchées dans le quartier avaient permis d'acquérir la certitude que ces messages étaient échangés entre le *Jaroslav Dabrouski* et l'ambassade d'URSS ; des spécialistes du décryptage essayaient de les mettre en clair à l'aide du code également découvert chez Butler.

Un peu après huit heures, nous apprîmes que Gregory Krichkine venait de quitter l'ambassade à bord de sa voiture et qu'il suivait son itinéraire habituel, comme s'il avait l'intention de rentrer chez lui, Lancaster Street. Par radio, l'inspecteur principal Steve Lorimer donna l'ordre de poursuivre la filature.

À huit heures quarante-cinq, un nouveau message provoqua une certaine émotion parmi nous. Une des deux voitures qui filaient Krichkine, ayant perdu le contact près de Westminster et pressé l'allure, était arrivée la première devant Hampstone House, Lancaster Street. Krichkine était arrivé quelques minutes plus tard et il avait rangé son véhicule exactement devant celui des policiers. Parmi ceux-ci, il s'en trouvait un qui avait participé aux précédentes filatures de Krichkine et qui le connaissait physiquement. Or l'homme qu'il avait vu quelques secondes éclairé par le plafonnier allumé par l'ouverture de la portière, à moins de cinq mètres de distance, n'était pas Gregory Krichkine. Il était formel.

— C'est un coup classique, dit Arbuckle. Ils auraient dû se méfier…

— Faut-il les renvoyer à l'ambassade ? questionna Lorimer.

— Inutile. Vous pensez bien que Krichkine en est déjà sorti.

— Eh bien, fit Lorimer, nous le cueillerons ici.

— Espérons-le, dit Arbuckle.

Il souffrait visiblement des suites de la correction reçue dans l'après-midi, mais cela ne suffisait certainement pas à expliquer son pessimisme.

— Avez-vous demandé un mandat pour nous permettre de monter à bord du cargo, en cas de besoin ? demanda-t-il à Lorimer.

Ce dernier parut surpris. Il semblait avoir pleine confiance dans l'efficacité du filet qu'il avait mis en place.

— Nous n'en aurons sûrement pas besoin, répliqua-t-il. Nous les cueillerons tous avant même qu'ils ne puissent lire le nom du bateau.

— On ne sait jamais, riposta Colin Arbuckle. Faites donc le nécessaire…

*

Suite du récit de Gregory Krichkine.

Mes hommes connaissaient mal cette partie de Londres et ils se perdirent. Ils essayèrent un moment de se tirer d'affaire sans mon aide, mais ils durent renoncer. Ils rangèrent la voiture contre un trottoir et vinrent me chercher derrière.

Le brouillard était si dense que l'on n'y voyait plus à dix mètres. La circulation était complètement arrêtée et nous avions l'impression d'être dans un désert.

J'envoyai Youri et Vassili chacun de leur côté jusqu'au prochain carrefour avec mission de lire les noms de rues. Ils revinrent quelques minutes plus tard, Vassili le premier, tous deux bredouilles, n'ayant pu déchiffrer les plaques. Alors, j'entrai dans la première maison venue et sonnai à la porte. Je préférais faire cela moi-même car je parle anglais sans aucun accent, ce qui n'était pas le cas de mes deux collaborateurs.

Une jeune fille d'une quinzaine d'années, brune, assez jolie, vint ouvrir la porte. Je commençai à lui expliquer que j'étais un automobiliste perdu lorsqu'un homme dans la quarantaine, petit, portant des lunettes, apparut dans le vestibule. C'était sûrement le père. La jeune fille s'esquiva et je recommençai mon histoire à l'intention de l'homme.

— Vous êtes dans Sparricks Row, me dit-il.

Je ne connaissais pas cette rue-là et il alla chercher un plan de la ville pour me montrer la situation de Sparricks Row. Ce n'était pas loin de Tooley Street qui se trouvait plus au nord, de l'autre côté de la gare de London Bridge. Je me renseignai encore sur la direction dans laquelle je devais aller pour rejoindre Borough High Street, puis je remerciai l'homme pour son obligeance et m'en allai.

Cette fois, je pris le volant. De toute façon, si nous nous heurtions à un barrage, les policiers ne manqueraient pas de jeter un coup d'œil à l'intérieur de la camionnette ; alors...

Il n'y avait plus à se tromper : Sparricks Row jusqu'à Great Maze Pond… à droite, jusqu'à Thomas Street… à gauche, jusqu'à Borough High Street… À droite et je ne pouvais plus manquer Tooley Street.

Dix minutes plus tard, j'arrêtai la camionnette devant la porte de l'entrepôt. Vassili descendit ouvrir. Je fis entrer la voiture. Les portes refermées, je mis pied à terre et allai me placer devant les phares. Immédiatement, Harold Ellis sortit de l'ombre et vint vers moi.

— Je commençais à désespérer, dit-il.

Il m'entraîna un peu à l'écart et me mit au courant des derniers événements. La situation n'était guère brillante et nous n'avions guère de chances d'atteindre le *Jaroslav Dabrouski* dans ces conditions. Et si nous y arrivions, je ne pensais pas que le fait de détenir avec nous cette Linda Clark empêcherait les policiers anglais de monter à bord munis d'un mandat de perquisition en bonne et due forme.

— Je regrette de vous décevoir, Harold, mais cette fille ne peut pas nous servir à grand-chose. Les Anglais ne croiront jamais que nous serions capables de la tuer s'ils nous donnent l'assaut. Nous n'allons pas nous mettre sur les bras un crime passible du gibet, alors qu'en fait nous risquons peu de chose.

— Je vous rappelle que j'ai étranglé Louise aujourd'hui, répliqua-t-il. Je risque donc déjà le gibet… et je n'ai plus rien à perdre.

C'était vrai, mais cela ne me plaisait pas. Harold était devenu compromettant, très compromettant.

— Avez-vous prévenu les Butler ? demandai-je.

— Oui, en même temps que vous. Je me demande ce qu'ils fabriquent.

— Ils ont peut-être été arrêtés. Nous savons maintenant que nous étions tous filés…

— Qu'est-ce qu'on fait ? On les attend ?

— Oui. De toute façon, nous n'avons rien à gagner à trop presser le mouvement. Plus le temps passera et plus les flics seront fatigués, plus il sera facile de passer au travers… Je vais aller bavarder un peu avec cette fille.

*

Suite du récit d'Hubert Bonisseur de la Bath.

Il était un peu plus de neuf heures et demie et nous attendions toujours. Chacun des groupes qui formaient le barrage avait reçu un petit poste émetteur-récepteur de radio afin de pouvoir garder le contact malgré le brouillard. Toutes les dix minutes, un agent-radio les appelait l'un après l'autre depuis le PC pour les tenir en alerte.

À neuf heures trente-cinq, nous fûmes informés par le central de Scotland Yard que Lewis Milligan avait été arrêté alors qu'il ressortait du domicile de sa mère où il était arrivé une heure plus tôt. Il portait une valise dans laquelle on avait découvert une somme de six mille cinq cents livres en coupures de cinq. Le prix de la trahison.

De tous ceux que nous avions identifiés, Harold Ellis et Gregory Krichkine restaient seuls en liberté. Nous espérions tous qu'ils ne le resteraient pas longtemps.

À dix heures moins le quart, un autre message arriva du central. Un chauffeur de taxi avait signalé, peu après huit heures, l'inexplicable disparition d'une très jolie jeune femme rousse. Cela s'était passé à Planton Street. La jeune femme avait demandé un taxi par téléphone. Elle avait prié le chauffeur de monter chercher ses valises au quatrième étage. Lorsque le chauffeur était redescendu avec les bagages, la cliente avait disparu.

Une rapide enquête avait fait apparaître que l'appartement était en fait un des points de chute du MI5. Scotland Yard s'était donc mis en rapport avec ce service, et le MI5 avait demandé à Scotland Yard de nous prévenir immédiatement.

Colin Arbuckle était bouleversé, et je ne valais guère mieux.

— Nous aurions dû penser à la protéger tant que nous ne tenions pas tout le monde, dit Arbuckle. Je suis impardonnable.

Il envoya Burnett au bistro le plus proche, avec mission de téléphoner à tous les endroits où Linda pouvait se trouver et surtout à son domicile d'Old Bond Street. Mais nous n'avions que peu d'espoir et nous ne fûmes pas surpris lorsque Burnett revint bredouille.

— Si jamais ils touchent un seul de ses cheveux, grondai-je, ils me le paieront cher.

— Ils *nous* le paieront, rectifia Colin Arbuckle.

*

Suite du récit de Linda Bush, dite Clark.

Enfermée dans la camionnette et dans l'obscurité la plus complète, j'avais entendu le moteur d'une voiture, des portières claquer, puis des voix. Je tenais toujours contre moi le bouquet de roses et le craquement sous mes doigts du papier qui les enveloppait était à mes oreilles comme la plus douce des musiques.

Je mentirais en affirmant que je n'avais pas peur. Mais j'avais craint que Harold Ellis ne cherchât immédiatement à se venger sur moi et son attitude m'avait quelque peu rassurée.

Des pas se rapprochèrent. Les portes arrière de la camionnette s'ouvrirent et une lampe m'aveugla de nouveau. Je me protégeai les yeux avec mon avant-bras. La lampe fut aussitôt baissée.

— Excusez-moi, dit une belle voix mâle aux inflexions caressantes.

J'ôtai mon bras et distinguai vaguement devant moi un homme que je ne connaissais pas. Ellis était plus loin, éclairé par les phares d'une autre camionnette que je n'avais pas encore vue.

— Je suis navré de ce qui vous arrive, reprit la belle voix. Si Ellis m'avait demandé mon avis, je me serais opposé à votre enlèvement. Mais, comme disent les Français, quand le vin est tiré, il faut le boire.

— Vous pouvez me laisser ici quand vous partirez, suggérai-je. Vous n'avez qu'à me ligoter et prévenir Scotland Yard par radio quand vous serez au large.

— Ellis pense que vous nous serez très utile, précisément, pour gagner le large.

— C'est une belle lâcheté de s'abriter derrière une femme.

— Dans notre métier, vous le savez, tous les coups sont permis... Et cela vous va très mal de jouer les vierges éplorées. Vous avez contribué à créer la situation qui est maintenant la nôtre. Nous sommes donc vis-à-vis de vous en état de légitime défense.

— Alors, finissons-en. Embarquez-moi...

Je pensais qu'ils ne pourraient jamais franchir le barrage et que j'aurais sûrement à l'instant du contact l'occasion de leur échapper. Le plus tôt serait donc le mieux.

— Nous attendons des amis, répliqua-t-il.

Je réfléchis rapidement. Que risquais-je à leur dire que leurs amis ne viendraient pas ? Uniquement de presser le mouvement, ce qui était mon dessein.

— Si ce sont les Butler que vous attendez, dis-je, c'est inutile.

— Pourquoi ?

— Ils ont été arrêtés au début de l'après-midi… Lui à Ruislip, elle dans leur librairie du Strand.

— Comment le savez-vous ?

— Je le sais… Je sais aussi que Milligan et Rose Darracott doivent être également arrêtés à cette heure-ci.

— Vous en savez, des choses.

Il y avait soudain une menace dans sa voix et je ne pus réprimer un frisson lorsqu'il ajouta :

— Beaucoup trop, peut-être ?

15

Suite du récit de Gregory Krichkine.

Harold Ellis alluma une cigarette, malgré l'interdiction de fumer dans les entrepôts, et dit :

— Il n'y a plus aucune raison d'attendre.

— Je suis de votre avis, assurai-je.

Nous faisions les cent pas dans la lumière des phares de la camionnette de l'ambassade. Youri et Vassili attendaient à l'écart. Linda Clark était de nouveau enfermée dans l'autre camionnette.

— Avec ce brouillard, reprit Ellis, nous avons toutes les chances de passer.

— Là, je ne suis plus de votre avis, répliquai-je. Vous ignorez sans doute que Scotland Yard dispose d'appareils optiques à infrarouges…

Il me regarda, émit un grognement pour exprimer sa déception. Après quelques secondes de silence, je continuai :

— J'ai une idée… Toujours la même, d'ailleurs… Celle qui m'a servi à quitter l'ambassade…

— Allez-y.

— Nous allons tout simplement envoyer Youri et Vassili dans une barque, munis de nos passeports, avec l'ordre de se laisser capturer sans résistance. Les flics croiront nous tenir et le temps qu'il leur faudra pour s'apercevoir de leur méprise, nous aurons le temps de passer, nous.

— Je crois que c'est une bonne idée, approuva Ellis.

J'appelai aussitôt les deux hommes et leur expliquai ce que nous attendions d'eux.

— Vous ne risquerez pas grand-chose, conclus-je ; tout au plus quelques mois de prison. Vous pouvez bien faire ça pour votre pays.

— Nous sommes d'accord, dirent-ils ensemble.

La marée montait et le courant devait être presque nul, cela nous faciliterait les choses. Nous décidâmes de partir trois minutes derrière la première barque, et de nous tenir aussi près que possible de la berge. En amont de la jetée de bois à laquelle était amarré le *Jaroslav Dabrouski* se trouvait une autre jetée identique, également montée sur pilotis, sous laquelle nous pourrions nous abriter en vue du cargo qui devait avoir reçu l'ordre d'allumer toutes les lumières du bord pour nous permettre de le repérer dans la brume…

*

Rapport du sergent Achilles Winnington.

Il était exactement dix heures vingt-cinq. Au-dessus de nous, les lumières du *Jaroslav Dabrouski* formaient une succession de halos lumineux. Des bruits étouffés par le brouillard nous parvenaient également du cargo. Parfois, il nous semblait entendre parler.

La marée montait et notre barque ne tirait presque plus sur la chaîne d'ancre. De même le chuintement de l'eau sur la coque s'était-il considérablement affaibli.

Les trois hommes qui étaient sous mes ordres se reposaient sur les banquettes et j'avais pris le quart. Le projecteur de rayons infrarouges et les lunettes spéciales étaient montés solidairement sur un pivot et munis d'une poignée d'orientation. Je balayais lentement la portion de cercle qui m'avait été attribuée lorsque je vis apparaître sur l'eau un objet assez bas et de forme indistincte.

Je coiffai aussitôt le casque d'écoute muni du micro et m'assurai d'un rapide coup d'œil que le poste était bien allumé. J'entendis presque aussitôt la voix chuchotée de Powell, qui avait sur une barque voisine l'appareil d'écoute. Powell avait décelé, venant de l'amont, un bruit régulier qui lui semblait être produit par les rames d'un canot. J'attendis qu'il eût terminé pour annoncer à mon tour que je voyais un objet non encore identifiable mais qui semblait se rapprocher de nous. Quelques secondes plus tard, deux autres de mes collègues firent savoir qu'ils apercevaient eux aussi l'objet.

Une minute s'écoula encore, puis je pus distinguer nettement le canot et les deux hommes qui ramaient. Ils maniaient leurs rames avec tant de précautions que je fus immédiatement certain qu'il s'agissait bien des deux espions que nous devions arrêter.

Mes trois collaborateurs étaient derrière moi, attendant mes ordres. Je leur commandai de se préparer. L'un d'eux prit une mitraillette et les deux autres chacun une gaffe.

J'étais de plus en plus excité. Le canot venait droit sur nous et, s'il ne changeait pas de cap, l'honneur de la prise nous reviendrait sûrement. Ils n'étaient plus qu'à vingt mètres et je craignais qu'ils nous découvrissent. Mais la visibilité normale n'excédait pas cinq mètres et il n'y avait encore aucun danger.

Quinze mètres, dix mètres... J'avais réclamé le silence à la radio. De mon bras gauche levé, j'informais mes hommes de l'approche régulière du gibier.

Je voyais les visages des deux Russes, et j'avais l'impression désagréable qu'ils me voyaient aussi. Au dernier moment, je levai la tête. Une silhouette floue émergeait doucement du brouillard. Ils allaient passer à bâbord, à moins de deux mètres.

— Stop !... Les mains en l'air. Police ! criai-je brusquement.

Et j'allumai le projecteur braqué sur eux en même temps que mes collaborateurs agrippaient leur canot avec les gaffes et l'amenaient rapidement bord à bord avec le nôtre.

Surprise totale chez l'adversaire, qui ne chercha ni à fuir ni à se défendre. Je leur passai moi-même les menottes avant de les fouiller. Ils n'avaient aucune arme, seulement de l'argent et chacun son passeport : un passeport canadien établi au nom de Harold Ellis, et un passeport diplomatique soviétique au nom de Gregory Krichkine.

C'étaient bien les hommes que nous étions chargés d'appréhender. Je retournai à la radio pour l'annoncer au PC et à tous les autres en même temps.

*

Suite du récit d'Hubert Bonisseur de la Bath.

Nous avions suivi avec une certaine fièvre les préliminaires de la capture et le bulletin de victoire du sergent Winnington déclencha une explosion de joie parmi les techniciens qui avaient craint de passer la nuit là et qui se croyaient maintenant assurés de la passer dans leur lit.

Je me penchai vers le radio qui était en communication avec Winnington.

— Dites-lui qu'il devrait y avoir une femme avec eux. Demandez-lui de fouiller leur canot.

Le radio transmit aussitôt. Arbuckle, près de moi, semblait également soucieux. Une minute passa, puis la réponse de Winnington arriva : il n'y avait personne d'autre dans le canot.

— Qu'ils nous les amènent ici le plus vite possible, ordonna l'inspecteur principal Steve Lorimer.

Nous attendîmes en silence. Personne n'osait exprimer ce que nous redoutions tous : que Linda eût subi un sort identique à celui de Louise Maclay.

Dix minutes passèrent, dix minutes qui nous parurent des heures. Enfin, le sergent Winnington et son équipe arrivèrent avec les prisonniers. Je vis tout de suite que Harold Ellis n'était pas là. Colin Arbuckle, qui connaissait aussi le visage de Gregory Krichkine, perdit une fois de plus son flegme et hurla :

— Qu'est-ce que c'est que ces types-là ?... Où avez-vous pêché ça ?

— Mais, monsieur, répliqua le sergent éberlué, ce sont les hommes que vous nous avez demandé d'arrêter : Harold Ellis et Gregory Krichkine...

— Non, sergent !

— Voici les passeports que j'ai trouvés sur eux, répliqua sèchement Winnington, blessé dans son amour-propre.

Arbuckle lui arracha les documents des mains et chercha aussitôt les photographies.

— Regardez ça, bougre d'âne ! Est-ce que ça leur ressemble ?

Cramoisi, le sergent Winnington examina les photographies, puis les visages des deux prisonniers qui restaient impassibles, comme si tout cela ne les concernait pas.

— Nnnnon, admit-il. Je ne me suis pas rendu compte, dans l'obscurité, avec ce brouillard !

Il n'avait sans doute même pas regardé les photos, car l'idée ne lui était pas venue qu'il pût y avoir substitution de personnes, et les noms lui avaient suffi. On ne pouvait guère lui en vouloir. Steve Lorimer dit au radio :

— Transmettez à tous l'ordre de rester sur place et d'être plus vigilants que jamais. Ordonnez aux barques de se rapprocher pour combler le trou laissé par Winnington en attendant son retour…

Gêné, le radio fit une grimace.

— J'ai bien l'impression qu'ils sont tous en train de nous rejoindre, indiqua-t-il. Ils ont cru que c'était fini.

Lorimer jura. Déjà, je n'avais plus d'illusions. Krichkine avait employé pour passer la tactique qui lui avait déjà si bien réussi pour quitter l'ambassade. Il était peut-être déjà sur le *Jaroslav Dabrouski*, avec Ellis et Linda.

Le radio débitait dans le micro une série d'ordres brefs et précis. On entendait dans les haut-parleurs une étrange cacophonie qui était en fait un écho fidèle du désarroi des hommes. Puis, brusquement, un appel frénétique domina tous les autres bruits :

— Canard 6 à Canard 1, Canard 6 à Canard 1, écoutez-moi !

— Canard 1 vous écoute, Canard 6, allez-y.

— Je vois dans mes lunettes deux hommes qui montent à bord du cargo par une échelle de corde du côté du fleuve. Le premier porte quelqu'un sur ses épaules, je crois que c'est une femme. Il y a un canot en bas. Que faut-il faire ?

Lorimer se pencha vivement sur le micro.

— Foncez dessus et faites les sommations. Mais surtout ne tirez pas !

— Je ne peux pas bouger, Canard 1. Mon ancre est accrochée au fond et je ne peux pas la dégager.

Voilà ce qui expliquait que celui-là soit resté sur place. Je fermai un instant les yeux de découragement. Lorimer lâcha une grossièreté.

— Ils nous ont bien eus, dis-je.

Le « nous » était charitable. Arbuckle me regarda de son œil unique qui flamboyait au milieu des pansements.

— Nous n'avons pas dit notre dernier mot, répliqua-t-il. Le cargo ne peut pas essayer de filer avec ce brouillard, et de toute façon il ne peut pas passer sous le pont de la Tour sans que le tablier central soit levé. Il est donc cloué ici et nous avons le temps d'obtenir un mandat pour monter à bord.

Je ne répondis rien. Je n'ai jamais eu grande confiance dans les procédures légales pour régler les problèmes de ce genre. À mon avis, il fallait foncer dans le tas, prendre l'adversaire de vitesse en bénéficiant ainsi de l'effet de surprise. Contrairement à ce que pensait Arbuckle, le temps ne travaillait pas pour nous mais pour les autres. Et j'avais peur pour Linda.

Par radio, Steve Lorimer demanda que la direction de Scotland Yard obtînt du ministère de la Justice, en extrême urgence, les moyens légaux pour monter à bord du *Dabrouski*, libérer Linda et arrêter au moins Harold Ellis.

Il fit ensuite le nécessaire pour que le Tower Bridge ne soit ouvert à aucun navire sans son accord exprès. Enfin, il envoya sur la fréquence utilisée par le *Dabrouski* un message destiné au commandant de ce bateau. Ce message était ainsi conçu :

Nous savons que les dénommés Gregory Krichkine et Harold Ellis viennent de monter à votre bord avec une ressortissante britannique connue sous le nom de Linda Clark et enlevée contre son gré – stop – une procédure pour kidnapping est engagée contre ces deux hommes – stop – Harold Ellis prévenu par ailleurs assassinat Louise Maclay – stop – vous prions restituer immédiatement Linda Clark et livrer Krichkine et Ellis afin que ces derniers répondent des crimes dont ils sont prévenus devant les tribunaux de sa majesté – terminé.

Ce message fut diffusé cinq fois consécutives avec des intervalles de deux minutes. Après la cinquième fois, nous reçûmes la réponse du commandant du *Dabrouski :*

En réponse à votre communication que nous considérons comme une provocation inadmissible vous informons que si la police britannique envahit notre bord avec ou sans mandat nous saborderons le Jaroslav Dabrouski – stop – les autorités britanniques porteront bien entendu la seule responsabilité de ce grave incident – stop – précisons que sabordage sera exécuté sous tablier central pont de la tour – terminé.

Cela signifiait en clair que si le commandant du cargo mettait sa menace à exécution le trafic sur la

Tamise serait interrompu en cet endroit pour de longues semaines.

— Il ne faut pas se laisser intimider, gronda Colin Arbuckle. Ils ne nous auront pas au chantage.

De toute façon, l'incident diplomatique semblait désormais inévitable et les Russes ne manqueraient pas de l'exploiter à leur manière. Pour moi, cela m'était bien égal que Harold Ellis et Gregory Krichkine réussissent à échapper aux poursuites britanniques, mais je savais que j'aurais mauvaise conscience si je laissais plus longtemps Linda entre leurs mains.

— Je vais voir de près ce foutu cargo, annonçai-je d'un ton aussi détaché que possible.

Colin Arbuckle tressaillit. Il ouvrit la bouche pour dire quelque chose, se ravisa, puis me recommanda tout de même alors que j'étais déjà près de la porte :

— Ne faites pas l'imbécile.

Je sortis sans répondre et m'arrêtai aussitôt, avec l'impression de m'être engagé dans un paquet d'ouate. J'entendis quelqu'un descendre du camion derrière moi.

— Je vous accompagne. Vous pourriez vous perdre...

C'était Burnett et je compris qu'il obéissait à un ordre de son chef.

— Par ici...

Je le suivis. Nous traversâmes Tooley Street et nous engageâmes dans Potters Fields, au coin du Saint Olave's Grammatical College for Boys. Là, je fus reconnaissant à Colin Arbuckle de m'avoir donné Burnett pour escorte. Nous fûmes en effet arrêtés par un barrage de policiers et Burnett dut se faire reconnaître pour que l'on nous permît de passer. Seul, je n'aurais pas été plus loin.

Nous avancions prudemment sur les pavés luisants et disjoints. Les hauts murs des entrepôts qui bordaient la chaussée de part et d'autre se perdaient dans le brouillard, créant une sensation d'étouffement. Au coin de Pickle Herring Street, nous nous heurtâmes à un second barrage.

De là, nous aurions dû apercevoir les hautes superstructures de Tower Bridge, mais il n'en était rien. Nous prîmes à droite, éclairant le sol immédiatement devant nos pieds. Il y avait un autre groupe de policiers devant l'accès de la jetée. Burnett les appela et ils nous guidèrent de la voix jusqu'à eux.

— Ils viennent d'éteindre tout, sauf la lampe de coupée, expliqua le sergent à Burnett qui s'étonnait de ne pas voir le cargo illuminé.

Nous avançâmes sur la jetée de bois. Les planches craquaient sous nos pas. Nous marchâmes vers le fanal, jusqu'à l'extrême bord. La passerelle avait été retirée. Nous vîmes bouger une silhouette dans la lumière du fanal.

Une aussière de proue grinça sinistrement et cela me donna une idée. Je pris Burnett à part et lui dis à l'oreille :

— Je vais monter à bord en reconnaissance. Je vous promets de ne pas faire l'imbécile, d'ailleurs je ne suis pas armé. Dites à Colin que vous m'avez perdu dans le brouillard, mais de grâce ne signalez pas ma disparition aux gens du bateau…

— Je vous interdis…, commença Burnett.

— Rien du tout, coupai-je. Je suis étranger et je vais monter à bord d'un bateau étranger. De toute façon, je n'ai pas d'ordres à recevoir de vous. Si j'enfreins les lois britanniques vous pourrez toujours me faire poursuivre après. Mais pas avant. Je compte sur vous, Burnett. Il faut que je ramène Linda.

Il se tut et je compris que son silence était un consentement. J'éteignis ma lampe et m'enfonçai dans le brouillard en direction du pont. Après quelques pas, je me mis à quatre pattes et dérivai vers la gauche jusqu'à retrouver avec la main le bord de la jetée.

J'avançai ainsi à tâtons jusqu'à ce qu'une bitte d'amarrage m'arrêtât. L'aussière était là, qui reliait le cargo à la jetée. Je m'y suspendis par les mains et par les pieds et progressai à reculons vers le navire. J'avançais très lentement afin d'éviter les secousses et le bruit, contrôlant soigneusement ma respiration. Enfin, ma tête toucha le cargo. Je lâchai l'aussière d'une main, accrochai la rambarde, exécutai un rétablissement…

J'étais sur le *Jaroslav Dabrouski*. Burnett avait joué le jeu et entraîné les autres policiers hors de la jetée. Il ne me restait plus qu'à découvrir où se trouvait enfermée Linda.

Pour cela, il me fallait d'abord assurer ma liberté de mouvements. Le marin de faction à la coupée me gênait et je résolus de m'occuper de lui toutes affaires cessantes. Sans bruit sur mes semelles de caoutchouc, je me guidai sur la main courante vers le centre du cargo. Chacun de mes gestes était d'une lenteur calculée afin qu'il n'y ait aucun choc si je rencontrais un obstacle.

La silhouette du marin se matérialisa enfin dans le brouillard. Il me tournait le dos, éclairé par le fanal suspendu au-dessus de sa tête. Il tenait quelque chose sous le bras qui pouvait être une arme automatique.

Je pris mon temps, observant soigneusement les alentours. Des lueurs perçaient la brume à droite : des hublots de cabine de pont éclairés de l'intérieur probablement. Si quelqu'un jetait un coup d'œil vers le factionnaire pendant que je franchirais les derniers mètres, il ne pourrait manquer de m'apercevoir…

Il me fallait bien prendre le risque. Impossible de rester là dans l'expectative. Je repris ma progression, accélérant le mouvement autant qu'il était possible de le faire.

Le marin tressaillit alors que je n'étais plus qu'à deux mètres de lui. Il sentait le danger mais, ne pouvant supposer que celui-ci pouvait venir derrière lui, il se mit à scruter la jetée avec une attention accrue.

Je bondis et le frappai à la nuque. Un *atemi* foudroyant sur la plus sensible des jointures des vertèbres hautes. Il n'eut même pas le temps de pousser un cri. Je le rattrapai alors qu'il s'écroulait, l'allongeai sur le pont et le débarrassai de son arme, une mitraillette avec un chargeur engagé.

Je marchai ensuite vers les lumières des hublots et regardai par l'un d'eux. C'était probablement la chambre du commandant et il y avait deux hommes à l'intérieur. Le commandant lui-même, facilement identifiable à sa veste d'uniforme, et un homme en civil que je reconnus avec une grande surprise.

Cet homme, je le connaissais sous le nom de Gregory et c'était la troisième fois en huit ans que je le trouvais sur mon chemin. Chaque fois, il m'avait donné du fil à retordre et nous avions presque toujours fait match nul. C'était un adversaire pour qui j'avais de l'estime. L'estime d'un combattant pour un autre combattant. Il faisait le même métier que moi et pour les mêmes raisons. Il défendait son pays comme je défendais le mien.

Gregory, je le savais, était un homme avec lequel il était possible de causer, sinon de s'entendre. Mon parti fut vite pris. J'ouvris la porte et entrai, le plus naturellement du monde.

— Bonsoir, dis-je. J'espère que je ne vous dérange pas.

Le commandant fit un véritable saut de carpe et voulut bondir vers son bureau, probablement en quête d'une arme ; mais la vue de la mitraillette que je tenais en position de tir le fit changer d'avis. Il se figea et leva les bras. Gregory, lui, n'avait pas bougé. C'était aussi un homme qui savait se contrôler.

— C'est une agression inadmissible, cria le commandant. Mon pays…

Il faillit s'étrangler de colère. Gregory leva une main apaisante.

— Calmez-vous, dit-il. Monsieur n'est pas un Anglais, mais un Américain.

Il m'avait reconnu. Je lui souris.

— C'est vrai, repris-je, et mon action n'engage que moi. D'ailleurs, je n'ai aucune mauvaise intention. Je suis simplement venu examiner la situation avec vous…

— Nous vous en sommes reconnaissants, assura Gregory avec une pointe d'humour. Nous étions justement en train d'en discuter, le commandant et moi, et votre avis peut nous être utile…

Abasourdi, le commandant nous regardait l'un après l'autre sans comprendre.

— Nous vous écoutons, conclut aimablement Gregory.

— Ce ne sera pas long… Vous avez réussi à monter sur ce bateau, mais vous n'êtes pas tirés d'affaire pour autant. Ellis est accusé d'avoir assassiné Louise Maclay et ensuite d'avoir enlevé Linda Clark. Je compte pour rien l'inculpation d'espionnage.

Je l'avais laissé volontairement en dehors.

— Et moi, questionna-t-il, que me reproche-t-on ?

J'étais maintenant tout à fait certain qu'il ne faisait qu'un avec le Gregory Krichkine dont j'entendais parler depuis trop longtemps.

— Rien pour l'instant, répliquai-je. De toute façon, vous pouvez invoquer le bénéfice de l'immunité diplomatique et seul Ellis pourrait vous accuser… Je ne pense pas qu'il le fera.

Il alluma tranquillement une cigarette. Je n'avais aucune crainte. Je savais qu'il n'essaierait pas de me tuer tant qu'un espoir de règlement amiable subsisterait. Je surveillais surtout le commandant.

— Que proposez-vous ? s'enquit Gregory.

— Libérez Linda Clark et livrez-nous Ellis. À ce prix-là, je crois pouvoir vous assurer que les autorités britanniques vous laisseront partir sans ennuis avec ce bateau.

Il hocha doucement la tête, signifiant qu'il le croyait aussi.

— De toute façon, insistai-je, vous n'avez pas le choix. Ce bateau ne peut quitter le port de Londres sans l'accord des autorités.

— Je peux le saborder, grogna le commandant.

— Vous savez bien que ce n'est pas sérieux, ripostai-je. Imaginez le bilan d'une telle opération et vous verrez que vous serez largement perdant.

— Je crois que vous avez raison, dit soudain Gregory. Je vais essayer de convaincre Ellis… Mais, pour cela, il faudrait que je le voie seul à seul.

— Je vous fais confiance, répliquai-je. La vie du commandant répondra de votre loyauté. Si vous alertez l'équipage contre moi, tant pis pour ce brave homme.

Je m'écartai de la porte, sans cesser de surveiller l'officier.

— Je peux y aller ? demanda Gregory.

— Vous pouvez.

Il paraissait surpris, mais je le connaissais assez, je le savais suffisamment équilibré pour être assuré qu'entre deux voies il choisirait toujours celle de la raison, d'autant plus que celle-ci lui accordait personnellement tous les avantages.

Il sortit et referma la porte.

— Je peux fumer ? demanda le commandant.

— Non.

Je n'avais vraiment aucune confiance en lui. Il brûlait d'envie de jouer au héros, c'était visible.

— C'est une histoire qui va vous coûter cher, grinça-t-il.

— Taisez-vous, répliquai-je. Vous n'avez rien compris et vous dites des bêtises.

Il devint rouge, mais ne dit plus rien. Une corne de brume résonna pas très loin. Le bateau lui-même était silencieux. Je m'adossai à la cloison, tenant dans mon champ visuel le commandant, la porte et le hublot. Quelques minutes s'écoulèrent. Je me demandai si Colin Arbuckle était déjà informé de ma disparition et ce qu'il en penserait.

Un coup de feu claqua tout près. Le commandant sursauta. Je restai immobile, redoublant seulement d'attention. Le temps continua de s'écouler. J'entrevoyais déjà ce qui allait suivre : Gregory savait que le *Dabrouski* ne sortirait pas de la Tamise avec Linda Clark et Harold Ellis à son bord ; mais, d'un autre côté, il ne pouvait pas se permettre de livrer Ellis aux investigations de la police britannique. Pour de nombreuses raisons.

Alors, il n'y avait pas trente-six solutions.

Des pas résonnèrent sur le pont. Mon cœur fit un bond à l'instant où je reconnus une flamboyante chevelure rousse passant rapidement dans le cadre du hublot.

La porte se rouvrit. Linda entra la première, suivie de Gregory. Elle devint pâle comme une morte en me découvrant.

— Mon Dieu, fit-elle, vous êtes là.

Je craignis une seconde qu'elle ne se précipitât vers moi, s'interposant ainsi entre le commandant et le canon de la mitraillette. Mais les jambes lui manquèrent et Gregory dut la soutenir.

— Je suis navré, dit celui-ci, mais Ellis a refusé de se livrer. Il a préféré se suicider.

— Je n'en suis pas surpris, répliquai-je.

Il me considéra très attentivement, puis une ombre de sourire éclaira son visage.

— C'est un plaisir de travailler contre vous, me dit-il.

— Permettez-moi de vous retourner le compliment.

Il sourit franchement.

— Entre gens intelligents, reprit-il, il est toujours possible de s'entendre.

— Je pense que Scotland Yard voudra voir le cadavre d'Ellis, enchaînai-je.

— Rien de plus naturel. Je suis certain que le commandant se fera un plaisir de les accueillir... Dès maintenant s'ils le veulent. Je vais faire jeter la passerelle et vous allez emmener Mlle Clark. Avec nos excuses.

Nous sortîmes sur le pont. Le commandant, qui semblait avoir enfin compris, s'occupa lui-même de jeter la passerelle. Je fis passer Linda devant, la soutenant de la main gauche. Avant de prendre pied sur la jetée, je laissai tomber la mitraillette dans la Tamise.

Je pris Linda par la taille, la serrai contre moi.

— Il faut que je vous remercie pour les roses, dit-elle. Elles étaient magnifiques... Malheureusement, ils n'ont pas voulu que je les emporte sur le bateau.

— Je vous en offrirai d'autres, promis-je.

Nous nous enfonçâmes dans le brouillard.

*

Il allait être une heure du matin. La voiture progressait lentement dans la brume le long de Piccadilly, le chauffeur guettant l'entrée d'Old Bond Street. Nous étions trois sur la banquette arrière : Colin Arbuckle, Linda et moi, dans l'ordre. La main de Linda était dans la mienne, mais Colin n'en pouvait rien voir. Il dit soudain :

— Ce qui me paraît bizarre, c'est qu'Ellis est mort d'une balle dans la tempe gauche. Or il n'était pas gaucher, que je sache...

— N'allez donc pas chercher midi à quatorze heures, répliquai-je. Moi, je trouve que cette affaire ne se termine pas trop mal comme ça...

La voiture vira pour s'engager dans Old Bond Street. Un peu plus loin elle s'arrêta et nous descendîmes tous pour prendre congé de Linda.

Je remontai à côté de Colin Arbuckle qui m'observait curieusement. Nous restâmes sans parler jusqu'à l'entrée de Conduit Street. La voiture s'arrêta devant la porte du Westbury.

— Je vous téléphone dans la matinée, dis-je. Bonne nuit.

— Bonne nuit, répondit Arbuckle.

Je descendis et pénétrai dans le hall, salué par le portier. La voiture tardait à repartir. Je pris ma clé. La voiture démarra enfin. Je rendis ma clé et ressortis. De l'hôtel à l'appartement de Linda, il y avait sûrement moins de cinq cents mètres et, même dans le brouillard, ce n'était pas une expédition impossible.

Car, enfin, rien ne prouvait que *tous* les membres du réseau Krichkine aient été neutralisés. Et, tant que je n'aurais pas la certitude absolue que tout danger serait bien écarté, je ne pouvais pas, absolument pas, laisser Linda sans protection.

Surtout la nuit, et avec ce brouillard.

DU MÊME AUTEUR
AUX ÉDITIONS ARCHIPOCHE

OSS 117 PREND LE MAQUIS

Ça se corse pour OSS 117 !

Informé que les Russes installent en divers points du globe des bases ultrasecrètes dans des grottes sous-marines, le chef du service action de la CIA envoie son agent OSS 117 sur l'île de Beauté, où vient de disparaître un homme-grenouille surentraîné.
Mais tout se corse. Pour avoir oublié, dans le feu de l'action, que son Beretta ne contenait que huit balles au lieu des dix de son J. C. Higgins resté dans l'autre poche, Hubert Bonisseur de la Bath a failli perdre la vie… mais aussi Brigitta, pour qui il éprouve une immense tendresse.

ISBN 978-2-37735-511-2 / IF 742075 / 192 pages / 6 €

STRIP-TEASE POUR OSS 117

OSS 117 persiste et signe !

La CIA est avertie que des documents ont été remis par un de ses agents à une jeune touriste française à Moscou. Or, Isabelle la bien nommée prétend qu'elle ne sait rien.
Le colonel Hubert Bonisseur de la Bath est persuadé que tout s'est passé à son insu. Dans la nuit d'Amsterdam, quelques voitures se retrouvent régulièrement dans le canal… entre autres, celles d'espions soviétiques lancés sur la même piste. OSS 117 va-t-il tomber la veste ?

ISBN 978-2-37735-513-6 / IF 742076 / 192 pages / 6 €

Cet ouvrage a été composé
par Facompo à Lisieux (Calvados)

Impression réalisée par
CPI France
en mars 2021
pour le compte des Éditions Archipoche

Imprimé en France
N° d'édition : 658
N° d'impression : 3041220
Dépôt légal : avril 2021